Capítulo Uno

–¿Me estás acosando, Alex Harper? Eres abogado, deberías pensártelo mejor.

Amanda Crawford miró con el ceño fruncido al hombre, terriblemente atractivo, que estaba de pie frente a los buzones de su edificio de apartamentos.

Alex intentó poner gesto inocente. Con poco éxito. Sus ojos de color café con leche brillaron con malicia, lo que hizo que a ella le saltaran chispas por debajo del ombligo. Se puso rígida por el indeseado efecto de la mirada.

Él sacó la mano del bolsillo de su abrigo negro y agitó delante de ella la llave de un buzón.

–Iba a recoger el correo de Julia. No han reenviado todo a la dirección de Max y, como voy a vivir en la vecindad, me he ofrecido para recogerlo.

A Amanda le pareció una excusa aceptable. Julia, su compañera de piso, se había casado con el mejor amigo de Alex hacía sólo tres meses. Pero Amanda había estado viendo demasiado a Alex para creer que el correo fuera su único motivo para regresar al 721 de Park Avenue un sábado por la noche, en el momento exacto en que ella volvía al edificio. Daba lo mismo lo tarde que volviera, él se las arreglaba para aparecer.

–En correos tienen un formulario de cambio de dirección para ese fin. Le mandaré unos cuantos a Julia. Mejor aún, los rellenaré yo misma.

Algunos copos de nieve brillaban en el oscuro cabello de Alex, que permanecía lo bastante cerca de ella como para que le llegara el aroma de su colonia. Siempre había sido una adicta a MAN de Calvin Klein, sobre todo cuando la llevaba un cuerpo alto y bien formado.

«Para. Ahora estás centrada en el trabajo a tiempo completo, ¿recuerdas? Nada de hombres que te distraigan. Y, sobre todo, nada de este hombre».

Con su metro setenta descalza más los casi diez centímetro de tacón de las botas no debería haber tenido que mirar hacia arriba a nadie que no estuviera relacionado con el baloncesto profesional. Pero con Alex tenía que hacerlo.

–Yo me ocuparé del correo de Julia dado que sigo viviendo aquí –insistió ella–. Además, tengo más arriba.

–Entonces, iré a por él y se lo llevaré esta noche a la cena –dijo Alex.

Disgustada por su error, se dio la vuelta y taconeó en el suelo de mármol del portal en dirección al ascensor. Henry, el conserje que se sentaba tras un mostrador de caoba, con el auricular del teléfono en la oreja, la saludó con la mano. Ella le devolvió el saludo y pasó de largo.

Alex la alcanzó y dijo:

–¿Por qué no cenas con nosotros esta noche?

–No, gracias, tengo mucho trabajo.

Deseo™

Noche de pasión

Emilie Rose

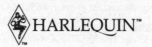
HARLEQUIN™

Editado por HARLEQUIN IBÉRICA, S.A.
Núñez de Balboa, 56
28001 Madrid

I.S.B.N.: 978-84-671-7483-0
Depósito legal: B-35710-2009
Editor responsable: Luis Pugni
Preimpresión y fotomecánica: M.T. Color & Diseño, S.L.
C/. Colquide, 6 portal 2 - 3º H. 28230 Las Rozas (Madrid)
Impresión y encuadernación: LITOGRAFÍA ROSÉS, S.A.
C/. Energía, 11. 08850 Gavá (Barcelona)
Fecha impresion para Argentina: 24.5.10
Distribuidor exclusivo para España: LOGISTA
Distribuidor para México: CODIPLYRSA
Distribuidores para Argentina: interior, BERTRAN, S.A.C. Vélez
Sársfield, 1950. Cap. Fed./ Buenos Aires y Gran Buenos Aires,
VACCARO SÁNCHEZ y Cía, S.A.
Distribuidor para Chile: DISTRIBUIDORA ALFA, S.A.

Pero no era exactamente verdad.

Lo que pensaba hacer era peinar sus cuentas y tratar de reunir el dinero necesario para pagar las facturas más urgentes, pero no quería dar alas a Alex aceptando la invitación. Aunque un mujeriego como él no necesitaba muchas alas. No se las había dado y allí estaba. Otra vez.

–¿Cuándo vas a dejar de hacerte la difícil y vas a salir conmigo, Amanda?

–Nunca. Y no me lo estoy haciendo, soy difícil. Imposible, de hecho. Así que ten un poco de dignidad y deja de pedírmelo –pulsó el botón del ascensor.

–Nunca abandono cuando realmente quiero algo. O a alguien.

Atribuyó el escalofrío que le recorrió la espalda al mes de noviembre, que estaba batiendo marcas de frío. La voz profunda de Alex y el interés de su mirada no tenían nada que ver.

–Sobre todo cuando ella está igual de interesada.

Se quedó sin aliento por su audacia. Y su perspicacia.

–Para ser alguien que se supone brillante, en eso has fallado.

–¿De verdad? –preguntó en un tono entre divertido e incrédulo.

¿Para qué mentir? De todos modos, no iba a creerla. Hundió la barbilla en el cuello de su abrigo y se colocó de un modo que no podía verlo en el reflejo.

Tenía que reconocer que había encontrado su

persecución terriblemente halagüeña, pero era lo bastante inteligente para reconocer cuándo una relación sería un choque de trenes. En el diccionario de las citas, el nombre de Alex estaba asociado a las palabras «temporal» y «rompecorazones». Enredarse con él sería un desastre a gran escala. No era algo que necesitase añadir a su ya infame y lleno de manchas currículum de relaciones.

—¿Por qué la chica de las fiestas…?

—La organizadora de fiestas —lo corrigió ella al instante.

Había sonado un poco a la defensiva. Pero él había tocado un punto sensible. Sus padres habían desaprobado su carrera profesional. Estaba harta de oír que se buscara un trabajo de verdad o que hiciera una buena boda. Si volvía a escucharlo, no se hacía responsable de su reacción.

—¿… va de fiesta con todo el mundo menos conmigo? —Alex terminó la pregunta como si ella no lo hubiera interrumpido.

Amanda se metió en el ascensor antes de que las puertas se hubieran abierto del todo y él la siguió al interior. Ella puso todo el espacio posible entre los dos, lo que significaba que literalmente estaba metida en un rincón. No era su idea de la diversión.

—Todo el mundo me paga por mis servicios.

—¿Es eso? ¿Tengo que contratarte?

—Sí.

—Está bien saberlo.

Tratando de ignorarlo, se puso a revisar el correo y sonrió. Facturas, facturas y más facturas. Ninguna sorpresa. Su negocio, Affairs by Amanda, seguía creciendo pero, desgraciadamente, no lo suficientemente rápido como para afrontar el montón de pagos que caería sobre su cuenta bancaria.

Si no conseguía un contrato muy visible y lucrativo pronto tendría que considerar la posibilidad de cerrar o, mucho peor, pedir dinero prestado a sus padres. En cualquiera de los casos, su padre necesitaría un transplante de laringe porque se quedaría sin voz hablándole sobre la desgracia que había caído sobre el venerable nombre de los Crawford. Aunque ya había escuchado ese discurso miles de veces.

Se abrió el ascensor y salió con los hombros de Alex rozando los suyos. El contacto hizo saltar la alarma en cada célula de su cuerpo. Detestaba la capacidad que tenía él de afectarla de ese modo.

Sinceramente, aquel hombre no tenía nada de malo… excepto ser rico, inteligente y guapo. Se rumoreaba que incluso tenía sentido del humor. Pero se seguiría resistiendo a sus avances.

Buscó las llaves en el bolso, las sacó y las metió en la cerradura del 9B. La giró suavemente. El edificio podía ser de antes de la guerra, pero la seguridad era de la era moderna. Si no hubiera sido por las relaciones de su amiga Julia, Amanda jamás habría encontrado una casa en un lugar tan prestigioso. La pregunta era cuánto tiempo se lo podría permitir sin una buena inyección de fondos.

–Espera…

–Me encantaría entrar, gracias.

El pecho de Alex chocó contra su hombro al pasar a su lado cuando abrió la puerta. El habitual estremecimiento de excitación la recorrió.

¿Por qué él? ¿Por qué tenía que ser Alex uno de los que hiciera sonar sus campanitas?

Lo miró cinco segundos debatiéndose sobre si era buena idea dejarlo pasar y decidió después que no valía la pena discutir. Se habría marchado en un momento. Pasó al lado de él y se dirigió a la cesta de acero donde amontonaba las revistas y el correo de Julia. Cuando se dio la vuelta con el correo en la mano, Alex estaba justo detrás de ella. Se quedó sin aliento por la proximidad y lo empujó con el correo con idea de hacerlo recular.

–Aquí tienes. Gracias por venir a recogerlo. Te acompaño a la puerta.

Alex permaneció inmóvil bloqueando el camino hacia la puerta. La miró a los ojos mientras aceptaba las cartas y las revistas. Sus dedos rozaron los de ella y ese ligero contacto puso en marcha un tren subterráneo que le aceleró el pulso y despertó en ella el deseo.

Entonces Alex parpadeó y el roce se acabó. Recorrió con la mirada la decoración del salón. Habría jurado que se había detenido en cada novedad. Unos candelabros, tres adornos de cristal soplado, el sari verde que había extendido sobre el respaldo de un sofá blanco y la nueva pantalla de una lámpara.

–Has hecho algunos cambios desde que Julia se fue.

–Algunos –había estado muchas veces en el apartamento, pero no recientemente. Y nunca sin Julia o Max–. No querrás llegar tarde a la cena.

–Tengo tiempo –ella apretó los dientes frustrada–. Quiero de ti algo más que el correo de Julia.

Como si eso no lo supiera ya. Aun así, oírlo hizo que un estremecimiento le recorriera la espalda. Había considerado la posibilidad de «algo más» con Alex un par de veces en algún momento de debilidad. Y ese «algo más» seguramente sería más que bueno con la práctica que él tenía. Pero tanto el hombre como el momento eran un error. Tenía que centrarse en organizar su vida antes de dejar que nadie entrara en ella.

Cruzó los brazos y se balanceó sobre los tacones.

–¿De verdad? Menuda sorpresa. Pero hay una palabra muy corta. No. Con la que estoy segura de que estás familiarizado, dado que la he compartido contigo con frecuencia.

Las comisuras de sus labios se torcieron ligeramente como si reprimiera una sonrisa. Se habría jugado el alquiler de un mes, algo que no se podía permitir, a que él disfrutaba de sus duelos verbales. ¿Por qué si no la provocaba cada vez que se encontraban?

–Cambiarás de idea cuando escuches mi proposición.

Una proposición. Otra vez, ninguna sorpresa.

Aun así, se le secó la boca porque de nuevo iba a tener que decir «no». Y cada vez le costaba más pronunciar esa única sílaba.

–Lo dudo.

Alex se quitó el abrigo y se lo colgó del brazo dejando a la vista un traje negro carbón, una camisa de seda blanca y una corbata de color rubí.

–Necesito a Affairs by Amanda.

Había recurrido al único tema que haría que lo escuchase.

–¿Para qué?

–Harper y Asociados acaban de cerrar un substancioso acuerdo. Me gustaría premiar al equipo por su duro trabajo.

Definitivamente, sabía cómo picar la curiosidad de una chica. Una fiesta para su empresa podría ser buena para el negocio. Para el de los dos.

–¿Qué clase de evento?

–Un par de cientos de invitados incluyendo amigos, clientes y algunas celebridades para hacerlo interesante. La elección del lugar es cosa tuya, pero preferiría algo de alto nivel, como el Metropolitan Club.

Tamaño y visibilidad. Clase e influencia. Una lista de clientes a los que podría persuadir para que recurrieran a ella en sus futuros eventos. No era exactamente dinero en el banco, lo que necesitaba desesperadamente, pero sí el lanzamiento que su negocio requería.

Como abogado y asesor financiero millonario, Alex tenía la clase de contactos que ella podría utilizar. No era que no tuviera sus propios contactos, pero los de él eran mejores.

Sabía que habría condiciones. Un comerciante sin escrúpulos como él siempre las ponía. Hizo un gesto con el dedo de «necesito más» y dijo:

—Detalles.

Alex mencionó un presupuesto que la hizo salivar.

—La cuestión es que me gustaría que estuviera preparado en un mes. Cuanto antes, mejor.

—Eso podría ser un problema —pero un empujón a sus finanzas.

—Si no te ves capaz, se lo puedo encargar a otros.

Un juego de poder. Y él sabía perfectamente lo que hacía. No se le pasó el desafío en su gesto.

—¿Qué te hace creer que estoy disponible en un plazo tan corto?

—Julia mencionó que habías tenido una cancelación.

Una enorme fiesta de compromiso se había caído. La novia se había fugado con el hermano pequeño del novio. Y aunque con el depósito había cubierto la mayoría de sus pérdidas, había quedado muy poco después de pagar a los empleados y comerciales.

Debería rechazar la oferta de Alex. Era exigente, impaciente y adicto al trabajo, como su padre. Sería un infierno trabajar con él a menos que se mantuviera fuera de su camino. Y dudaba de que lo hiciera. Pero no se podía permitir decir que no.

–Si hago esto, la fiesta será todo lo que haga. ¿Queda claro?

–Amanda… –empezó a decir él alzando una ceja con gesto malévolo.

–No me vengas con «Amanda». No tengo la intención de ser tu último accesorio.

–Pero estaríamos tan bien juntos… –dijo con una sonrisa que la golpeó directamente debajo del cinturón.

De eso era de lo que tenía miedo. Sería asombroso, estaba segura. Hasta el momento en que la dejara tirada. Y ella se quedaría con otra relación fallida en su haber.

–Como has dicho, soy abogado. Sé que no debo forzar mis atenciones cuando no son bienvenidas. Reúnete conmigo mañana para discutir los detalles de la celebración. En el Park Café a las cuatro.

–Eso son menos de veinticuatro horas.

–Tiempo suficiente para que sepas si puedes hacerte cargo –se dio la vuelta y salió del apartamento.

No se podía permitir no hacer ese trabajo, por mucho que no le apeteciera.

Amanda se cambió a la mano izquierda el maletín del ordenador portátil, se preparó para otra oleada de carisma de Alex y empujó la puerta del Park Café.

Esa cafetería era su favorita, y no sólo por la proximidad al edificio donde vivía. Si alguna vez tenía que cenar tarde, quería que fuera con uno de los pasteles de chocolate con el doble de avellanas, preferiblemente recién salidos del horno, especialidad del café.

Saludó a Trish, que estaba tras la barra. El calor que sintió era por abandonar el helado exterior y no tenía nada, absolutamente nada que ver con ver a Alex levantándose de una silla en una mesa de un rincón.

Se había vestido de un modo informal con unos pantalones de lana negros y un suéter de pico gris que hacía que los hombros parecieran más anchos. Se fijó en la camiseta negra que se interponía entre el cachemir y su piel.

«No pienses en lo demás que está cerca de su piel. Piensa sólo que es una reunión de trabajo. Y si flirtea, ignóralo».

Era más fácil decirlo que hacerlo cuando su sonrisa era una invitación a quebrantar las normas. ¿Por qué ese hombre la hacía desear arrojar su sentido común por la ventana?

Alex le ofreció una silla y señaló con un gesto de la cabeza el maletín.

—Has venido preparada.

—Soy buena en lo mío. Por eso me contratas. He traído una lista de lugares y fechas de los que podemos disponer en las próximas cuatro semanas. Ni que decir tiene que la lista es corta porque los mejores sitios están reservados desde hace meses e incluso años. Puedo mostrarte fotos de los sitios porque el café tiene conexión inalámbrica.

Tratar de ponerse en contacto con los comerciales un domingo había sido un infierno. Pero lo había conseguido a base de llamadas y debiendo favores a todos. Ese trabajo era importante.

–Te he pedido lo de siempre. Trish me ha dicho que empezaría a prepararte el café cuando entraras por la puerta y que cinco minutos después saldrían los bollitos del horno.

¿Lo de siempre? Había estado allí con Alex, Max y Julia alguna vez, pero no se había dado cuenta de que siempre hubiera pedido lo mismo. Seguramente, se lo habría dicho Trish.

–Gracias.

Apoyó el maletín en la mesa y sacó el ordenador. Mientras se encendía, Alex se colocó detrás de ella para ayudarla a quitarse el abrigo. Cada roce, por ligero que fuese, la cargaba de electricidad. Electricidad estática, sin duda.

Alex dejó el abrigo en una silla vacía. Ella se sentó rápidamente para alejarse del calor que él desprendía y puso una hoja encima de la mesa en cuanto se sentó.

–Aquí tienes la lista de los sitios, las fechas disponibles, la capacidad y el precio. Tenemos que actuar deprisa elijas lo que elijas porque estamos aprovechando cancelaciones. Una vez elegido el lugar empezaremos con los menús –hizo una pausa–. El Metropolitan sólo está disponible un día, pero creo que la suite Trianon en el hotel Carlyle sería una opción mejor. Ese día y hora no coincide con ningún otro gran evento previsto en Manhattan.

—La Trianon está bien.

Esa parte había sido muy fácil.

—¿Tienes lista de invitados?

Alex la sacó de un bolsillo del abrigo. Amanda la desdobló y revisó los nombres. Sintió una oleada de adrenalina. Si conseguía convencer sólo a dos o tres personas de ésas para que la contrataran, la empresa abandonaría los números rojos una buena temporada.

Una sombra recorrió la hoja. Alzó la vista y reprimió un grito. Curtis, su mentiroso y ladrón ex, estaba al lado de la mesa. Le exigió toda su educación disimular lo poco feliz que estaba de verlo.

—Hola, Amanda.

—Hola, Curtis. No puedo atenderte ahora, ¿me perdonas?

El tipo no se movió.

—He pasado por tu apartamento.

—Curtis, estoy trabajando.

—El pago de tu cuota final vence esta semana. ¿Tienes dinero suficiente para afrontarlo?

Se ruborizó. No necesitaba que Alex se enterase de sus apuros financieros. Podía cambiar de opinión y no contratarla.

—No tengo tiempo para eso ahora. Más tarde, ¿vale?

Curtis se metió las manos en los bolsillos y se balanceó sobre sus talones, como si no tuviera intención de ir a ningún sitio.

—Puedo prestarte algo de dinero si andas corta.

El dinero que quería prestarle seguro que era de ella. Tenía que deshacerse de él.

–¿Por qué no hablas con mi abogado de ese dinero?

Era un farol, pero vio el efecto de su amenaza en los ojos de él. Después vio cómo ese efecto desaparecía. Curtis sonrió forzadamente y dijo:

–Vamos, Amanda, no hay necesidad de ponerse desagradable. Los dos sabemos que no quieres organizar un lío con todo esto y que lleguen a oídos de tus padres tus… dificultades.

Maldito y mil veces maldito. Miró a Alex y vio su oscura y especulativa mirada que le dedicó durante unos segundos. Entonces, él empujó la silla y se levantó.

Lo había perdido, su trabajo y su dinero que tanto necesitaba. Sintió un nudo en el estómago. Buscó en su cerebro un modo de salvar la situación, pero no encontró nada. Sonrió a modo de disculpa.

Pero en lugar de marcharse del café, Alex tendió la mano a Curtis en un gesto amigable. Sorprendida, Amanda miró atentamente su expresión. El brillo de sus ojos y su expresión rígida estaban lejos de ser amigables. En realidad, nunca había visto a Alex con un aire tan feroz.

–Creo que no nos conocemos. Soy Alexander Harper, abogado de Amanda.

Curtis abrió desmesuradamente los ojos y después la boca. El color abandonó su rostro e hizo un gesto de dolor. Amanda se dio cuenta de que debía de haberle estrujado la mano. En cuanto se la soltó, Curtis dio un paso atrás. Miró a Alex, después a Amanda y, luego, de nuevo a Alex. Cuadró los hombros.

–Curtis Wilks, novio de Amanda.

–Ex novio –lo corrigió ella–. Cuando cancelaste el alquiler de nuestro apartamento sin decírmelo y después te largaste mientras yo estaba fuera, dejaste de ser cualquier cosa mía.

La había dejado totalmente plantada y con un buen montón de facturas. Dado que tenían todo a nombre de los dos, ella había tenido que afrontar el pago de los muebles y electrodomésticos, pero no había podido pagar el alquiler. Había salido doblemente perjudicada. Había tenido que mudarse y pagar las deudas de los dos. Si Julia no hubiera necesitado una compañera de piso, no sabía dónde habría terminado.

Curtis pareció recobrar fuerzas.

–Sí, bueno, sobre el préstamo…

–Si Amanda necesita cualquier cosa la conseguirá a través de mí, ¿entendido? –el tono gélido de Alex daba un nuevo significado a la palabra «congelación».

Amanda lo miró parpadeando. No estaba acostumbrada a que nadie saliera en su defensa, y, bueno, no estaba mal. Aunque hubiera mentido diciendo que era su abogado.

Curtis dio otro paso atrás.

–Oh, sí, claro. Ya nos veremos, Amanda.

Amanda lo miró salir de la cafetería.

–Recoge, voy a decir que nos empaqueten lo que he pedido.

–¿Por qué?

–Vas a decirme qué está pasando. Y no creo que quieras comentar tu situación económica en un café atestado de gente. Vamos a tu casa.

Volver con él a su apartamento no era una buena idea.

–No pienso discutir mis asuntos privados en ningún sitio.

–Si no te sinceras conmigo, Amanda, nuestro negocio ha terminado.

Suspiró. ¿Qué elección tenía?

–Mi casa está bien.

Capítulo Dos

–Vamos al grano –dijo Alex en cuanto Amanda terminó del colgar los abrigos.

No lo había mirado a los ojos desde que habían salido de la cafetería.

Llevó la bolsa con los bollitos a la cocina y sacó unos platos de un armario. Tras poner un dulce en cada plato, sacó unos cubiertos y lo puso todo encima de una barra de acero inoxidable. Sus movimientos eran lentos y gráciles, pero no hacía falta ser un genio para darse cuenta de que estaba demorándose a propósito.

–¿Amanda?

–¿Cuánto te ha contado Julia? –preguntó ella mirándolo por fin a los ojos.

No lo bastante. Julia había mantenido la boca cerrada a pesar de lo mucho que le había preguntado por su ex compañera de piso. Los únicos detalles que había compartido con él eran cosas sin valor que ya se había imaginado.

–Sólo que tu ruptura con Wilks había hecho que perdieras todo interés por una nueva relación.

A Julia se le había ocurrido eso porque Amanda seguía rechazándolo a pesar de la química evidente que había entre ambos. Conocía demasiado bien a las mujeres como para no saber interpretar lo que veía en los ojos de ella.

Se pasó la mano por el corto cabello rubio para recolocárselo, pero no fue a un espejo a comprobarlo. La falta de interés de Amanda por acicalarse era una de las cosas que le gustaban de ella. Su largo y esbelto cuerpo era impresionante, y que se pusiera esos altísimos tacones a pesar de su altura, era algo que lo volvía loco.

–Ya has oído a Curtis. Tengo un cargo bancario a punto de vencer y ando un poco corta de dinero. Pero eso no afectará a mi capacidad para organizar tu evento.

Un hombre sabio huiría de una empresa con problemas financieros. Pero en ese momento no se sentía muy sabio. Se metió las manos en los bolsillos.

–¿Necesitas un préstamo?

Amanda abrió mucho los ojos y agitó las pestañas. Se concentró en quitar el papel a los bollitos.

–Hablaré con el banco para pedir una prórroga. Y ahora, sobre tu fiesta…

No iba a dejarle cambiar de tema tan fácilmente.

–Suéltalo, Amanda. Todo. Y después decidiré si llegamos a un acuerdo o no.

–Soy muy cuidadosa a la hora de planear y presupuestar. Cumpliremos el contrato. No tienes que preocuparte por que con tu depósito pague mis deudas y luego no pague a los proveedores.

–No me preocupa eso, pero si eres buena presupuestando, ¿por qué estás en déficit? ¿Va lento el negocio? Sólo he oído elogios de tu trabajo.

En lugar de mirarlo a los ojos, se concentró en el pastel y después se limpió los dedos de chocolate en una servilleta. De nuevo ganando tiempo.

–Es culpa mía, de verdad. Cometí el error de dejar que Curtis me ayudara a llevar los libros de cuentas de Affairs by Amanda –hizo una pausa–. Funcionó bien una temporada, pero después mi capital empezó a reducirse. Al principió no lo noté porque las cantidades eran pequeñas y estaba demasiado ocupada consiguiendo clientes para prestarle atención, pero los bocados empezaron a ser mayores.

»Le pregunté a Curtis y me dijo que había subestimado los costes de algunas partidas importantes. Pero yo jamás subestimo. Siempre calculo por encima en más de un cinco por ciento, por si acaso. Cuando le pedí las facturas en cuestión, me dijo que tendría que buscarlas. Después se largó mientras yo estaba fuera un fin de semana y me dejó las facturas pendientes.

Era un caso idéntico a tantos otros con que se había encontrado. El desfalcador empezaba con pequeñas cantidades para probar y después iba aumentando.

–Hay recursos legales para afrontar esta situación.

–Lo sé, pero hay tres razones por las que he decidido no seguir esa ruta y Curtis conoce las tres. Una es que ahora no tengo dinero para pagar abogados, y la segunda, como ha dicho Curtis, mejor que mis padres no se enteren. La tercera es que puedo estar convencida de que Curtis es el responsable de la desaparición del dinero, pero probarlo es otra historia. Las facturas en cuestión desaparecieron con él. Y le había dado acceso a mis cuentas, lo que me hace parcialmente responsable.

El primer impulso de Alex fue llevar su caso él mismo desinteresadamente. Pero también pretendía acostarse con ella, y eso supondría un conflicto de intereses en el que había aprendido a no volver a caer nunca más. Así que, por mucho que quisiera clavarle las uñas a Wilks en el cuello, no podría hacerlo.

Sacó el talonario de cheques, una tarjeta y un bolígrafo del bolsillo interior de su abrigo.

—Voy a escribirte el nombre de uno de mis asociados en la parte de atrás de mi tarjeta. Llámalo.

—Alex, no me puedo permitir…

—Diferirá el pago hasta que acabe el proceso —se aseguraría de ello, aunque tuviera él que afrontar los honorarios—. Y te prestaré el dinero para hacer el pago.

—No creo que…

—¿Quieres estropear tu crédito pidiendo una prórroga?

—Bueno… no.

—¿Quieres permitir que Wilks se salga con la suya?

–Por supuesto que no. Pero, Alex, no tienes que hacer esto.

–¿Qué otras opciones tienes?

–Puedo pedirle prestado a mi padre –dijo con una sonrisa.

–Acabas de decir que no quieres que tus padres se enteren. ¿Te dejaría dinero tu padre sin preguntarte para qué? –no esperó su respuesta. Se acercó más–. Quiero que organices mi fiesta, Amanda. Si estás preocupada por tus finanzas, estarás distraída y no me darás el cien por cien.

Y, además, sería más fácil que lo aceptara como él quería.

Quería a Amanda no sólo por el sexo, aunque era una parte muy importante. Su profesionalidad no tenía precedentes. Sabía sacarle todo el provecho a una sala mejor que nadie. Era exactamente lo que necesitaba a su lado para tejer la red de contactos que atraía a los clientes y metía dinero en el banco. Sería un activo para su carrera el tiempo que durara su aventura y no era fruto de un exceso de ego pensar que él lo sería para la de ella. Que no estuviera interesada en una relación permanente sólo incrementaba su atracción.

Abrió el talonario de cheques.

–¿Cuánto necesitas?

–¿Hay alguna condición vinculada al préstamo? –preguntó dubitativa–. Me refiero a si esperas que me acueste contigo.

Ser completamente sincero no sería lo más interesante en ese momento.

–Cuando compartamos una cama será porque te hayas cansado de luchar contra la química que hay entre los dos, no por una gratitud mal entendida.

–Pareces convencido de que sucederá.

–Sucederá.

–Pero quieres algo de mí.

–Podría utilizar tus contactos. Me presentarás a clientes potenciales y yo haré lo mismo contigo.

Amanda respiró hondo como preparándose para una discusión, pero después sacudió la cabeza y espiró ruidosamente.

–Eso puedo hacerlo. Pero, Alex, jamás te habría tomado como el caballero de la brillante armadura.

–No lo soy –dijo sorprendido.

Ella esbozó una sonrisa.

–No me lo creo.

Una voz en la cabeza le urgió a aprovechar el cambio de actitud y utilizarlo para seguir adelante con el juego.

–Cree lo que quieras. Dime una cantidad.

Después de un momento, lo hizo. Él firmó el cheque y lo arrancó del talonario. Pensó que establecer unos plazos para la devolución acabaría con el cambio de actitud en ella. Por lo que sabía de Amanda, estaba seguro de que se lo devolvería. Y si no lo hacía, habría perdido unos pocos miles. Y no sería la primera vez que una mujer le costaba dinero.

–Devuélvemelo cuando puedas.

Con aire un poco suspicaz y muy sorprendida, aceptó el cheque y la tarjeta.

–¿Así? ¿Me das el dinero y ya está?

–Así.

–Gracias.

Y entonces le sorprendió rodeándole el cuello con los brazos. Él de devolvió el abrazo y dejó que su cuerpo se apoyara en el de él, sus pechos en su torso, su cálida y suave mejilla contra la suya y su sedoso cabello le acariciara la oreja. Su libido aulló como un lobo, pero ya habría tiempo para eso. La soltó en el momento en que ella se echó hacia atrás.

–Gracias otra vez, Alex. No sé qué decir.

–Di sí a una cena.

Amanda gimió y se ruborizó.

–Aún no hemos tenido tiempo de hablar de la fiesta –le recordó él.

–Sí –dijo mordiéndose el labio inferior y asintiendo–. Vale lo de la cena.

–Y sólo cena –añadió él con tono mesurado y decidido a hacerle cambiar de opinión.

Pero no esa noche.

El éxito exigía paciencia. Y estrategia. Por suerte, a él le sobraban ambas.

Amanda no podía creer que estuviera nerviosa. Pero las manos sudorosas eran una prueba evidente. Se las pasó por los pantalones de franela.

¿Consideraría Alex aquello una cita? Desde

luego, había llevado la conversación de la cena muy lejos del tema del evento, y lo había hecho con tanta habilidad que no se había dado cuenta hasta que se había metido en el taxi. Cada vez que había tratado de abordar el evento él había llevado la conversación hacia el tema de personas y lugares que ambos conocían, gente que asistiría a su fiesta. Astuto.

¿Trataría de besarla cuando se despidieran?

¿Lo detendría ella esa vez?

Le había mostrado un lado de él que era distinto de todo lo que había visto antes. Siempre lo había considerado más un despiadado tiburón que un noble salvador. Ya no estaba segura de haberlo juzgado correctamente.

«Oh, por favor, ¿tienes veintiocho o dieciocho años?».

Como era habitual, Alex invadió su espacio personal en el momento en que entró en su apartamento. Permaneció de pie con las manos en los bolsillos, pero lo bastante cerca para que pudiera ver la barba que asomaba y las finas líneas de sus labios. Apartó la vista de su boca y apisonó la anticipación que vibraba en todas sus terminaciones nerviosas. Le temblaban las manos mientras se quitaba la bufanda y la colgaba al lado del abrigo.

—La cena ha sido estupenda. Gracias.

El minúsculo restaurante italiano era nuevo para ella, pero aparentemente no para Alex, quien había sido bien recibido por su nombre y llevado inmediatamente a una mesa a pesar de la fila de clientes que esperaban. No podía haber hecho una reserva porque no sabía si ella aceptaría su invitación. Ni siquiera lo sabía ella hasta que las palabras habían salido de su boca. Tampoco podía haber llamado porque no había dejado de verlo un momento entre la invitación y la cena.

–De nada. Es maravilloso cenar con una mujer que come.

Amanda se ruborizó. Definitivamente, había sido vergonzoso lo que había comido: una ensalada, ternera a la parmesana, pan tostado, su helado de chocolate y un poco del de pistacho de Alex.

–¿Te quitas el abrigo?

–No voy a quedarme. Haz las llamadas mañana por la mañana y reúnete conmigo a mediodía para contarme cómo va todo.

Recorrió mentalmente su agenda y vio que estaba lamentablemente vacía. Disponía de casi todo el lunes. Tenía un par de cosas pequeñas de las que ocuparse, pero nada más urgente que el evento de Alex.

–Lo podríamos confirmar por teléfono.

–No –llano, no negociable.

–¿Dónde entonces? ¿En mi oficina?

–En la mía –sacó su BlackBerry y apretó unos cuantos botones. Después, volvió a meterla en el bolsillo–. A las doce y media.

Le apoyó la mano en el hombro, fuerte y segura. El calor de la palma atravesó el suéter. Una oleada de estremecimiento partió del lugar del contacto. Alex se acercó un poco más. Ella contuvo la respiración y tragó para contener la oleada de humedad que le llenó la boca.

–Has hecho un buen trabajo, Amanda. Tus ideas son de primera. Hasta mañana –apretó levemente los dedos y después la soltó.

Ella se quedó de pie como una estatua mientras Alex se marchaba.

¿Ni un beso? Miró la puerta cerrada. No estaba decepcionada por que no hubiera intentado darle un beso de despedida. No lo estaba.

Eran sólo negocios. Sólo trabajo. Y eso era bueno. Exactamente lo que ella quería. No tenía tiempo para relaciones complicadas en ese momento, especialmente con un abogado que seguramente pensaba que era completamente idiota por haberse metido en semejante apuro. Se habría apostado su fondo de fideicomiso del que no podía disponer hasta que cumpliera treinta años a que Alexander Harper jamás hacía estupideces con su dinero.

La tensión desapareció de sus músculos como la arena de un reloj. Se dirigió al dormitorio, se quitó la ropa y se dio una larga ducha caliente. Se arregló el pelo y se rasuró todo lo que necesitaba ser rasurado. Había tenido que dejar de depilarse a la cera para ahorrarse el salón de belleza y porque le daba demasiado miedo hacérselo ella. Tenía un equipo de depilación a la cera a medio usar en el armario como prueba de su cobardía.

Pero los nervios no la abandonaron. Envuelta en una toalla, caminó hasta el dormitorio, agarró el teléfono y llamó a Julia. Su amiga respondió a la segunda.

–Te mueves demasiado deprisa para ser una mujer embarazada.

–Has tenido suerte –dijo Julia entre risas–, tengo el teléfono sobre mi montañoso vientre. Pareces apagada, ¿qué pasa?

Se conocían desde hacía demasiado tiempo como para no notar los cambios de ánimo en la voz.

–Sigue preguntando y me pondrás en un compromiso.

–¿Por qué? ¿Vuelves a salir con Curtis?

–Si fuera así de estúpida, me comprometería yo sola –respiró hondo y confesó–. He accedido a organizar un evento para Alex Harper.

–¿Y eso es malo porque…?

–Sabes por qué.

–Es un buen perseguidor. Sí, es trágico que un hombre guapo, inteligente y rico te quiera.

–¡Eh!

–Amanda, no os podéis quitar los ojos de encima cuando estáis en la misma sala. Max piensa que Alex es un gran tipo. Y yo sé que necesitas a alguien que dé un empujón a tu confianza después del imbécil de Curtis. Así que, ve a por ello… la fiesta y cualquier cosa que te ofrezca.

–Conoces mi objetivo: volver a encaminar mi vida y tener éxito en mi negocio antes de los treinta.

–Y lanzarte sobre todo ese dinero.

–Tengo que demostrar que puedo tener éxito

antes de ese momento. De otro modo, mis padres pensarán que el dinero del abuelo me sacó de apuros.

–Amanda, para eso todavía faltan dos años. Una aventura breve no tiene por qué alterar tus proyectos.

–Lo dice la mujer que acabó embarazada después de una muy breve relación de una noche.

–Oh, sólo juegas sucio cuando tienes miedo. Solamente recuerda que Alex no es el tipo de «para siempre».

–No me digas… –dijo sin poder evitar el sarcasmo en la voz.

–De hecho, es un sabueso. Toma precauciones. No puedes ser casta para siempre.

–¿Por qué no? –con su trayectoria, seguramente sería lo mejor.

–Además de lo obvio, el sexo es fantástico con la pareja adecuada.

–Él no es la persona adecuada.

–Eso no lo sabes. Dale algunos puntos por su persistencia y recompensa ya sus esfuerzos. Veros dar vueltas al uno alrededor del otro está agotándome, y mi pobre y embarazado cuerpo ya es una montaña rusa hormonal sin necesidad de ver todo ese deseo en vuestros ojos.

–No me ayudas mucho –puso los ojos en blanco.

–Ya. Lo que pasa es que no quieres admitir que te estoy dando un buen consejo.

¿Admitir algo así? Antes pasearía desnuda por Times Square.

A las doce y veintiséis del día siguiente abría la pesada puerta dorada de Harper y Asociados.

La empresa de Alex era el paradigma de los clientes que ella deseaba. Quizá, pensó, debería considerar buscar más clientes corporativos en lugar de centrarse en asuntos privados.

Sus zapatos de Dolce & Gabbana se hundieron en la gruesa alfombra mientras se acercaba al mostrador de cerezo que brillaba como un espejo. Una rubia de veintitantos la saludó con una sonrisa de anuncio de pasta de dientes.

–Buenas tardes. ¿En que puedo ayudarla?

–Amanda Crawford, para Alex Harper –dijo sonriendo también.

–Un momento, por favor –se echó hacia atrás y habló por un micrófono antes de volver a mirarla–. Su asistente estará en un momento con usted. ¿Quiere tomar algo?

–No, gracias.

–Ahí está –dijo dirigiendo la atención de Amanda hacia una morena en la mitad de la cuarentena que se acercaba por un pasillo.

–¿Señorita Crawford? Soy Moira Newton. Venga conmigo, la acompañaré a la zona privada del señor Harper.

Amanda la siguió al interior de una habitación que rezumaba dinero, desde el friso de madera a las sencillas líneas de los muebles de cerezo y las obras de arte de las paredes.

–Alex estará con usted en un momento. ¿Le traigo algo mientras espera?

–No, gracias, estoy bien.

–Me llevaré su abrigo.

Amanda se quitó la prenda y se la dio antes de sentarse en un sillón de orejas.

Moira colgó el abrigo en un pequeño armario escondido en un rincón y después se sentó tras la mesa que parecía su lugar de trabajo y que estaba discretamente ubicada en una habitación anexa.

Momentos después la voz vibrante de Alex agitó las mariposas que poblaban el estómago de Amanda. Se abrió una puerta en la pared más alejada de ella y un hombre de aspecto agobiado salió por ella seguido de Alex. Ella contempló a Alex mientras se despedían.

Desde el agresivo perfil de su mandíbula hasta la anchura de los hombros, todo en Alex hablaba de seguridad en sí mismo. El traje sastre negro acentuaba su estatura y su constitución atlética, y, la camisa blanca, el bronceado de su piel. El cabello, un poco largo, hasta cubrirle el cuello de la camisa en la nuca, hacía pensar en una naturaleza rebelde en medio de aquellos muebles y ropas conservadoras. Ese lado rebelde llamaba la atención.

«Sólo trabajo».

El cliente se marchó. Alex se dio la vuelta y la clavó al sillón con su mirada.

–Hola, Amanda.

¿Cómo podía desasosegarla tanto diciéndole

32

un simple «hola»? Tenía que moderar sus reacciones.

–Alex –inclinó la cabeza en un gesto de saludo y agarró el maletín del portátil–. Tengo confirmaciones y contratos que necesito que firmes.

–Vamos –hizo un gesto con el brazo para que fuera delante de él.

En su espacioso despacho había la misma clase de muebles, pero la atmósfera era más relajada. El sutil aroma de su colonia llenaba el ambiente. Además de su escritorio y estantes con libros, tenía una mesa de reuniones al lado de los ventanales. La llevó hasta esa mesa.

–Siéntate.

Le rozó el omóplato con los nudillos mientras se sentaba en la silla más cercana a la ventana. Ocultó su estremecimiento agarrándose al maletín y abriéndolo para sacar una carpeta. Después, admiró unos instantes la vista de Manhattan y dijo:

–Tenemos la suite del Trianon para el sábado veintidós. Tenemos que elegir un tema y mandar las invitaciones de inmediato. Si tienes las direcciones de correo electrónico de la gente de la lista, puedo mandarles un aviso con la lista de destinatarios oculta mañana.

Se apoyó en el borde del escritorio y cruzó las piernas.

–Moira puede darte las direcciones. Estás muy guapa hoy.

Amanda se olvidó de qué era lo siguiente que tenía que decirle. ¿Cómo podía alterarse tan fácilmente?

–Gracias –bajó la mirada a los papeles y trató de recuperar el hilo–. Tengo… –una llamada a la puerta interrumpió lo que iba a decir.

–Eso debería ser nuestra comida. Comer aquí nos hará ganar tiempo. Espero que te guste la cocina griega.

Comer en una oficina no debería resultar íntimo, pero así era.

–Una comida de trabajo es una buena idea. Tenemos mucho de qué ocuparnos. Y me encanta la cocina griega.

Se abrió la puerta y apareció Moira con una bolsa de papel en una mano y cubiertos y platos en la otra.

–¿Lo preparo? –preguntó la asistente.

–Podemos nosotros –dijo Alex quitándole las cosas de las manos y poniendo luego la bolsa en la mesa.

La abrió y un delicioso aroma llenó el despacho.

Amanda sintió que se le hacía la boca agua mientras él sacaba el feta, la ensalada de tomates y espinacas, el pan y la musaca. Alex se acercó a un pequeño refrigerador de vinos que había en un rincón y volvió con una botella de Zinfandel que abrió y sirvió en dos copas.

–No suelo beber cuando trabajo –dijo ella.

–El vino va bien con la musaca, pero te traigo una botella de agua si lo prefieres –sacó dos botellas de otra nevera.

Después de servir dos generosas raciones, la sorprendió apartando los envases a un lado y sentándose junto a ella. Demasiado cerca. ¿Cómo se iba a concentrar rozándose con él?

Alex alzó su copa y dijo:

—Por una agradable y fructuosa relación.

—Beberé por eso —alzó su copa y tocó la de él.

Bebió un sorbo. El líquido afrutado bajó suavemente por su garganta. Tenía que tener cuidado porque ese vino le gustaba demasiado, y eso podía ser un problema.

—Necesitaré que hagas de anfitriona —dijo él mirándola por encima de la copa.

Se le paró el corazón. Lo miró a los ojos.

—¿No puedes encontrar a otra persona con tan poco tiempo?

—Te quiero a ti, Amanda.

Capítulo Tres

«Te quiero a ti».

Alex había acentuado de un modo deliberado su afirmación mirándola directamente a los ojos, haciendo que un escalofrío la recorriera entera.

«Se refiere a la fiesta. No, se refiere a algo más que eso. Pero tú vas a ignorar ese más, ¿recuerdas?».

—Pue... puedo hacer de anfitriona —normalmente dirigía los eventos entre bambalinas, pero sería mucho más fácil hacer esas conexiones al lado de Alex.

—Me haré cargo, evidentemente, del coste de tu indumentaria.

—Alex, no tienes que hacer eso.

—Esa noche será tan importante para mí como lo será para ti. Véndete un poco.

—Si no tengo nada apropiado, lo consideraré.

La dura mirada que le dedicó la empujó a obedecer de inmediato, pero consiguió ignorarla gracias a la práctica. Había aprendido a manejar una mirada similar de su padre. Agarró el tenedor.

—Esto tiene un aspecto delicioso.

—El Aglaia es uno de mis sitios preferidos. Come, después hablaremos.

La ensalada estaba deliciosa, perfecta en sabor y textura, como los demás platos. Comieron en silencio. Desafortunadamente, la falta de conversación hacía demasiado fácil quedarse fascinada por cada movimiento del cuerpo de él y eso la llevó al vino más que a la botella de agua.

¿Se había fijado alguna vez en sus grandes manos? Largos dedos, suaves uñas, escaso vello oscuro en los dorsos. No podía recordar haber experimentado un anhelo semejante con nadie.

Finalmente, Alex se llevó a la boca el último trozo de musaca, lo masticó y lo tragó.

—Anoche dijiste que teníamos que elegir un tema para la fiesta. ¿Qué has pensado?

Así que la había escuchado antes de cambiar de asunto.

Se giró en la silla y al hacerlo la rozó en el muslo izquierdo. Sintió su calor a través de la fina capa de ropa. Con la excusa de apartar su plato, se separó unos centímetros de él.

—Eso depende de si quieres una cena formal con los invitados sentados o algo más relajado.

—¿Qué me recomiendas?

—Tu despacho es formal y conservador. Si quieres que esto sea una recompensa, entonces iríamos a algo a base de entremeses y bebidas de fiesta. Has dicho que tus empleados han trabajado duro. Entonces, suelta un poco las riendas.

Alex bebió un poco de vino. Amanda se quedó mirando sus labios otra vez.

«Tienes que dejar de hacer eso».

Buscó la botella de agua con la esperanza de

que el líquido frío satisficiera su súbita fijación oral. Lo último que necesitaba era más vino. Cada vez tenía más calor y no estaba segura de que ese efecto fuera a causa del alcohol.

–¿Has considerado un baile de disfraces? Sigue siendo algo formal, pero el disfraz permite que todo el mundo se relaje un poco.

Alex alzó ligeramente la ceja izquierda.

–No un disfraz completo –dijo ella antes de que objetara algo–. Algo como el carnaval de Nueva Orleans, pero en noviembre. También podemos hacer que la cocina sea de allí, si quieres.

–Suena bien, ¿Puedes conseguir una banda de jazz?

–He utilizado un par de ellas bastante buenas algunas veces. Puedo llamarlos esta tarde y ver si están disponibles. Ya que hemos decidido un tema, tengo algunas sugerencias para las invitaciones.

Encendió el ordenador y después abrió la carpeta de papeles. Dentro había algunas muestras de diferentes invitaciones en sobres distintos. En cuanto eligieran una, escribiría un correo electrónico a su proveedor.

Alex se levantó y llevó los platos a una barra que había en un rincón. Cuando volvió se sentó más cerca de ella y apoyó el brazo en el respaldo de la silla de Amanda, haciendo que ella se quedara apoyada en la mesa: si se echaba para atrás estaría entre sus brazos, un lugar que llevaba evitando más de tres meses.

Intentó concentrarse en la pantalla.

–Aquí tienes algunos ejemplos.

Fue recorriendo con el ratón las diferentes opciones. Él se acercó más, tanto que su aliento le acariciaba la mejilla. A Amanda se le humedeció la boca y se le aceleró el pulso.

–Para. Vuelve atrás –dijo Alex con calma directamente en su oído.

–¿Ésta? –dijo tras unos segundos, el tiempo que tardó en procesar la información.

–Sí.

No le sorprendió. Había elegido la más conservadora. Sacó una muestra de la carpeta.

–¿Ésta?

–Sí.

Con una mano menos firme de lo que le habría gustado, anotó algo y después hizo lo mismo en el ordenador.

–Con ésa yo recomiendo esto –pasó al siguiente objeto de la lista. «Concéntrate»–. Encargaré un buen surtido de máscaras para los invitados que no traigan la suya. ¿Quieres que pida una para ti?

–Amanda.

Giró la cabeza por el tono grave de su voz. Sus rostros y labios estaban a escasos centímetros de distancia… lo más cerca que había estado hasta la fecha. La tentación de reducir la distancia entre sus bocas le pasó por la cabeza. Se obligó a mirarlo a los ojos y respiró lentamente.

El deseo ardía en sus ojos de color chocolate.

–Sabes lo que quiero.

–Tengo una idea bastante aproximada –tragó y asintió.

–Confío plenamente en ti para que decidas sobre todo lo necesario para hacerlo posible –dijo
firme. Ella parpadeó, confundida–. Ya hemos sentado las bases –siguió él–. Dejo el resto en tus manos.

Trabajo. Estaba hablando de trabajo.

«Por supuesto que sí. Por eso estás aquí, ¿recuerdas? Saca la cabeza del ozono, Amanda Crawford».

–Me encargaré de todo –cerró el ordenador y
puso encima la carpeta.

Alex volvió a moverse, haciendo que su pecho
y brazo se apoyaran en la espalda de ella.

–Antes de que te vayas, sé que hay algo a lo que
no te vas a poder resistir.

El corazón le latía como un bombo. El latido
le reverberaba en los oídos y su mirada buscó la
boca de él.

Alex se inclinó sobre la mesa y sacó dos cajitas
de la bolsa de papel.

–Baklava, de dos clases. Nuez y chocolate.

¿Estaba decepcionada? Lo estaba. Sí, lo estaba.

«¿A ti qué te pasa? ¿De verdad echas de menos
que trate de meterse en tus bragas? ¿Cómo puedes ser tan pervertida?».

Pero se sentía afectada porque se hubiera dado
cuenta de que le perdía el dulce. ¿Lo había hecho
Curtis? ¿Alguno de los hombres con quienes había
estropeado su lista de relaciones en la pasada década? Por desgracia, no.

¿Y qué decía eso de su gusto en temas de hombres y su habilidad para elegir sabiamente? Nada bueno. Por eso su súbito deseo por Alex era una mala noticia.

–Adelante, Amanda, a por ellos. Sabes que lo deseas.

Exacto. Y se estaba convirtiendo en un gran problema.

¿Otra vez la policía?

Entró en el portal del bloque de apartamentos. Esperó que la presencia de la policía fuera por la misma antigua investigación que seguía sin resolver y no por algún suceso nuevo en el edificio.

Mientras pasaba bajo la enorme araña de camino al ascensor, saludó con un gesto al detective McGray, que interrogaba al portero.

El detective había andado rondando el edificio desde que una antigua inquilina había aparecido muerta en junio. Al principio, la policía había pensado que la muerte de Marie Endicott había sido un suicidio, pero después había empezado a sospechar otra cosa. La posibilidad de que alguien hubiese sido asesinado en el edificio le ponía a Amanda la piel de gallina. Se estremeció y dirigió su atención al conserje.

El pobre Henry estaba sudando y se limpiaba el rostro con un pañuelo a pesar de aire helado que entró con Amanda en el portal. No podía reprochárselo. El detective de mirada de acero haría estremecerse a cualquiera. A ella la había acorralado cuando la había interrogado después de la aparición del cuerpo de la mujer.

Amanda ni siquiera había sabido que había muerto. Pero había oído que habían interrogado a todo el edificio. Y después se había dado una situación aún más incómoda cuando, en julio, Julia había recibido una carta de chantaje de alguien que la amenazaba con hacer público su embarazo.

Entró en el ascensor. Según su ex compañera de piso, los escándalos del 721 de Park Avenue mantenían a la prensa sensacionalista ocupada durante años. Otra razón más para mantener el asunto de Curtis en silencio. No podía arriesgarse a implicar a los asociados de Alex y exponerse a una situación incómoda.

Lo que le hizo volver a pensar en Alex. Como si hubiera conseguido mantenerse alejada de ese tema tabú últimamente. Suspiró y se apoyó en un rincón del ascensor. Al tentarla con el baklava casi la había llevado a protagonizar un escándalo completamente diferente. Era un completo misterio cómo había conseguido no recorrer con la lengua el cuerpo de ese hombre de la cabeza a los pies cuando le había dado a comer un pedacito de baklava de chocolate.

Era de alabar en ella haber tenido el buen juicio de inventarse otra cita y salir huyendo antes de devorarlo a él y al postre. Su voluntad era más fuerte de lo que creía. Pero preocupantemente inestable.

Se abrieron las puertas. Se irguió para salir,

pero se detuvo. Jane Elliott, el ama de llaves del ático B, estaba ante la puerta. Amanda miró el piso: el sexto.

–Hola, Jane, ¿subes?

Jane dudó un momento y después entró en el ascensor y pulsó el botón del ático.

–Sí. Buenas noches, Amanda.

Las puertas se cerraron. Amanda se preguntó a quién habría estado visitando en el sexto piso y después archivó la pregunta en la sección «no es de tu incumbencia».

Miró con envidia el largo y rizado cabello del ama de llaves, no por primera vez. Ella no había tenido esa suerte. Había heredado la constitución y estatura de su madre, pero había sido maldecida con los mechones lacios de su padre y su color pálido en lugar del grueso pelo castaño de su madre, que había sido modelo antes de dedicarse al diseño de ropa.

Dejó a un lado los pensamientos negativos.

–El detective McGray anda otra vez por aquí. ¿Me he perdido algo últimamente?

–No estoy al corriente de ningún nuevo suceso –respondió Jane. Las puertas volvieron a abrirse–. ¿Vas a visitar a Gage… Quiero decir, al señor Lattimer?

Amanda miró el número del piso.

–Oh. No. No sé dónde tengo la cabeza. Supongo que se me ha olvidado apretar el botón de mi piso.

–Buenas noches –Jane salió del ascensor.

–Buenas noches –apretó el botón del noveno.

43

Las puertas se cerraron y Amanda se llevó una mano a la frente.

Alex había tomado el control de su cerebro y ella no podía permitirse mezclar el trabajo con su vida personal.

Durante su último año en el instituto había caído rendida a los pies de Heath, la estrella del equipo de rugby. Casi había suspendido el último semestre y eso le habría costado la entrada en Vassar si su padre no hubiera hablado con el decano. Sospechaba que, además de la conversación, habría habido algún suculento donativo.

Y después, en la universidad, había conocido a Douglas en una galería de arte. Y hablando de distraerse como una estúpida… Era joven, ingenua y demasiado confiada. Douglas tenía treinta y dos años, era suave y muy atento. Se había enamorado perdidamente y se habían ido a Las Vegas. En lugar de casarse con ella, como esperaba, se había jugado la mayor parte del dinero que había heredado de su abuela al cumplir veintiún años. Cuando se acabó el dinero también él se acabó. Había tenido que llamar a casa para que le enviasen un billete de avión. Había sido vergonzoso.

Cuando Curtis apareció en su vida, sus padres la consideraban ya realmente estúpida e irresponsable. Y había demostrado que tenían razón. Había estado distraída por el mito del enamoramiento y confiado demasiado. Parecía que sus tormentas hormonales hacían que se le pasaran los detalles críticos… detalles que aún podían hacer que perdiera su empresa.

Pero las tormentas hormonales inducidas por Heath, Douglas y Curtis eran como un resfriado en comparación con la versión completa de la gripe que Alex había desencadenado.

Quizá una pequeña vacuna pudiera curarla.

«No, no sigas por ahí».

No podía permitirse perder su negocio. Eso haría que perdiera la cabeza. Porque si perdía su empresa, se vería obligada a reconocer ante sus padres que era una fracasada.

—Alex —el destello de deseo en los ojos de Amanda cuando más tarde ese mismo lunes abrió la puerta fue gratificante—. ¿Qué haces aquí y cómo has conseguido subir sin que me avise Henry?

—He venido porque he oído que eres fan de los partidos de la noche de los lunes. Y me ha subido Gage Lattimer, vive en el ático.

—Sé quién es Gage. Has dado mucho por sentado asumiendo que estaría en casa y libre.

—Así es, pero he traído algo de comer, cerveza y Krispy Kremes.

Miró las bolsas que llevaba en las manos. La indecisión se dibujó en su rostro. Se movió sobre los pies descalzos haciendo que él se fijara en las uñas pintadas de color fucsia.

—No creo que…

—Y otra proposición para una fiesta.

La tenía. Vio la sombra de la capitulación suavizando el gris de sus ojos antes de abrir la puerta del todo, aunque se mantenía reacia.

–Pasa. Pero sólo si eres de los Giants.

–Tengo entradas para la temporada. Buenos sitios. En la línea de quince yardas. Sé buena y te llevaré a ver un partido.

Eso le hizo ganar una sonrisa. ¿Qué más podía querer un tipo? Amanda era inteligente, atractiva, una genio del trabajo en red. Y le gustaba el fútbol.

Recorrió el espacio con la mirada en busca de competidores, pero no encontró la menor prueba de una cita. Se había arriesgado presentándose de un modo inesperado, pero las estrategias previas no estaban funcionando. Había tenido que reajustarlas. La colchoneta de gimnasia en el suelo le dio la explicación de la camiseta, las mallas de algodón y la carencia de maquillaje. Claro, que ella no necesitaba pintarse la cara.

Le tendió la bolsa con las cervezas, una marca de importación que Julia decía que era la única que bebía Amanda.

–Mete eso en la nevera mientras saco el resto. Falta una hora para el partido. Eso nos deja algo de tiempo para comer y hablar de la fiesta de cumpleaños de mi hermano.

Su hermano. La mentira no le había salido tan fácil con ella como le habría salido con otras mujeres. Por alguna razón, sólo quería decirle la verdad. Quería reconocer a Zack como hijo suyo, pero revelar ese secreto sólo sería una fuente de problemas y seguramente haría daño al propio Zack. Además, no era de la incumbencia de nadie.

–¿La fiesta que querías comentarme es para él?

–Zack va a cumplir dieciocho en unos meses. Me gustaría organizarle un buen sarao, uno que no olvide jamás. Y necesito tu ayuda para eso –se quitó el abrigo y lo dejó encima de una banqueta de barra antes de sacar la comida china de su envase y ponerla en la encimera de la cocina.

Los ojos de Amanda se detuvieron sobre la caja de los dónuts. Se la dio.

–¿Primero el postre? –preguntó ella con ojos golosos.

¿Cómo negárselo? Si lo mirara a él de ese modo, estarían desnudos y ocupados.

–Vale.

No tardó ni un segundo en abrir el envase y darle un mordisco a un dónut. Cerró los ojos y echó la cabeza hacia atrás.

–Mmm. Oh, Dios, están impresionantes.

Sus palabras lo golpearon por debajo del cinturón provocando una erección tan repentina que casi se puso de rodillas.

¿Tendría también ese aspecto tan sensual en la cama?

No pudo quitarle los ojos de encima mientras se terminaba el premio. Amanda no alzó los ojos hasta que se acabó la última pizca de azúcar. Se pasó la lengua por los labios, pero en las comisuras le quedaron algunos resto de azúcar. Se llevó un dedo a la boca y lo chupó.

Él quería ese trabajo.

Al garete la estrategia. Le agarró la mano, se la

47

llevó a la boca y le chupó un pringoso dedo. La respiración de ella se hizo entrecortada. Pero ni le dio una bofetada, ni se apartó de él. Sin dejar de mirarla a los ojos, Alex pasó del primer dedo al segundo. Su lengua se enrolló en la yema, después se metió el pulgar en la boca y repitió el proceso. Las pupilas de ella se dilataron y sus labios se separaron.

Tenía que conseguir la boca. Ya. Soltándole la mano, se acercó más.

–Tienes más azúcar ahí –inclinó la cabeza para quitárselo con la lengua.

Ella se inclinó sobre él y alzó la barbilla en silenciosa invitación. No se lo tuvo que pedir dos veces. Alex le cubrió la boca con la suya y se hundió en su sedoso calor. La dulzura del dónut dejó paso al sabor único de la mujer que tenía entre los brazos.

Llevaba meses esperando aquello. La agarró de la cintura y la atrajo hacia él, aplastándola contra su pecho y profundizando el beso. Ella le apoyó las manos en los hombros, sus cortas uñas clavándose en los músculos, y después le rodeó el cuello con los brazos. Abrió más la boca para dejarlo entrar y su lengua buscó la de él, suave y dulce, caliente y húmeda.

Se acomodó con la de él incluso mejor de lo que Alex había esperado. El deseo le subió rugiendo desde el vientre a la garganta. Le recorrió la columna con una mano; la cintura, los labios. Ella era alta, delgada y caliente. Sus dedos descubrieron piel desnuda entre el borde de la camiseta y la cintura de las mallas.

Ella gimió y alzó la cabeza. Pero él no se apartó. La pasión le ensombrecía los ojos.

–Yo… nosotros… no deberíamos hacer esto, Alex.

–Es algo que teníamos pendiente desde hace mucho tiempo.

La mirada de ella volvió a su boca. El arrepentimiento empezaba a aparecer en su rostro.

–No me acuesto con mis clientes.

–¿Tengo que despedirte? –bromeó.

–¿Harías eso? –se puso rígida y el pánico apareció en sus ojos.

Él le acarició la espalda disfrutando de la suavidad de su piel.

–No. Yo siempre cumplo mis promesas. Y te prometo, Amanda, que esto no es un error. Vamos a estar maravillosamente juntos, dentro y fuera de la cama.

La indecisión revoloteó en su expresión. Y entonces suspiró. Alex hundió los dedos en el cabello y acercó su rostro al de ella. Había esperado muchas cosas, pero no el beso agresivo, carnal y sin restricciones que le dio.

Lo devoró con la misma intensidad que se había entregado al baklava en la comida y el dónut esa noche. Y él estaba deseando que lo devorara. La agarró de las nalgas y apretó más los labios. Si ella no hubiera sabido ya lo que él quería, su creciente erección se lo habría dejado muy claro.

Amanda alzó la cabeza y le recorrió el pecho con las palmas de las manos. El corazón le latía como un balón contra una pared.

Amanda se pasó la lengua por los labios húmedos.

–Esto es una locura. Ahora no tengo tiempo para un hombre en mi vida. En los próximos años mi profesión es la prioridad. Alex, si no puedes asumir que esto es algo temporal, entonces será mejor que paremos ahora.

Su franqueza lo dejó momentáneamente desconcertado. Pero su capacidad de hablar con libertad era una de las cosas que más le gustaban de Amanda. ¿Estaba de broma? ¿Qué hombre diría que no a una apasionada y breve aventura? Lo temporal era su especialidad.

–Puedo asumirlo. ¿Dónde está el dormitorio?

Ella dudó un segundo como si fuera a cambiar de opinión, pero entonces lo tomó de la mano y cruzó el salón con él. Su mirada se detuvo en las nalgas envueltas en el fino tejido de las mallas. Bonitas. Firmes. Redondas.

El dormitorio era tan femenino como el resto de la casa. Una gruesa alfombra cubría el suelo. Finísimas cortinas blancas, atadas con cintas de seda de brillantes colores, colgaban tras la cama a modo de cabecero provisional. Nunca le había ido el sadomasoquismo, pero no pudo evitar pensar para qué podrían servir esas cintas. Le gustaría atarla y darle placer hasta que le rogara que parase.

Aunque en ese momento estaba demasiado impaciente para andar con juegos.

Tiró de la mano y la rodeó con los brazos. Sus cuerpos y bocas se encontraron, los labios se separaron, las lenguas chocaron. Ella lo recibía en cada caricia, lo agarraba por la cintura. Su pelvis lo rozaba. No era tímida y su audacia era increíblemente excitante. Le sacó la camiseta por la cabeza. Antes de que pudiera saborear su pálida y suave piel, ella le quitó la camisa sin dudarlo.

Vestida parecía muy delgada, pero tenía curvas. No excesivas, sino sutiles. Perfectas. Quería demorarse, saborear los pechos que asomaban por encima del sujetador de encaje, pero llevaba meses deseándola y el deseo acabó con su paciencia. El sujetador desapareció con un rápido movimiento de sus dedos. Se inclinó y capturó un rosado pezón con la boca, el otro con una mano. Sabía bien. Olía bien. La pálida piel resultaba cálida y suave entre sus labios.

Ella enterró los dedos en su pelo, le frotó el cuero cabelludo con energía. Después le clavó ligeramente las uñas en los hombros y siguió hacia abajo por los costados. Sus músculos se tensaban al paso de la caricia. Los dedos llegaron al cinturón. El cuero se soltó rápidamente, seguido por el botón y la cremallera de los pantalones. Estaba tan excitado que apenas podía concentrarse.

Parecía que no era el único que tenía prisa. Las manos de ella agarraron sus caderas y bajaron el pantalón y la ropa interior. Su caricia hizo que una sacudida de deseo lo recorriera entero, haciéndole apretar los dientes y luchar para hacer llegar aire a los pulmones.

La soltó lo justo para quitarse los zapatos y lo que le quedaba de ropa y después le bajó a ella las

51

mallas. El tatuaje que descubrió cuando le quitó las bragas lo sorprendió.

–¿Un martini?

Ella se mordió el labio inferior como si esperase que él sintiese repulsión por la tinta.

–Un appletini. Es un recordatorio de que la vida debe ser divertida.

Con un dedo recorrió el perfil de la copa dibujada en la cadera y después se arrodilló y bebió del dibujo. Alzó la vista y la miró a los ojos.

–Es endemoniadamente sexy. También rico.

La sonrisa que apareció en el rostro de Amanda y el deseo en los ojos decían que la tenía bajo su control.

–Tu también.

Y entonces fue cuando se dio cuenta de que estaba metido en un lío. Un poco de Amanda podría no ser suficiente.

Capítulo Cuatro

Alexander Harper ocultaba un cuerpo de muerte bajo sus trajes de diseño.

Sus anchos hombros, tensos músculos y musculoso vientre hacían que se le hiciera la boca agua por el anhelo de que esos brazos la rodearan. Recorrió su suave pecho con los dedos, dibujado una línea entre sus pectorales y el bien marcado sendero que llevaba hasta el ombligo y la oscura mata de pelo que rodeaba su erecto sexo. El vientre de Alex se estremeció bajo sus caricias y su sexo se movió rogando que lo rodeara con sus dedos. No tardó en hacerlo. La respiración de Alex se volvió entrecortada.

–Amanda –rugió.

Ella sonrió malévola y lo acarició desde la base hasta la punta.

–¿Sí?

–Estás jugando con fuego.

–Eso me gusta. Me gusta caliente –esperaba que su deseo no la hiciera arder antes de terminarse.

La experiencia le decía que aquello era un error, pero ya no podía parar. Había monopolizado sus pensamientos durante tres largos meses y lo deseaba. Su pulgar halló una gotita que perlaba su engrosado glande y la extendió. Se echó hacia delante para lamerlo.

Un fuerte brazo la rodeó atrayéndola contra su rostro. La otra mano se enterró en su cabello y tiró de ella lo justo para echarle la cabeza hacia atrás. La combinación de su fuerza y el controlado ejercicio de poder la dejó sin aliento. Su beso fue fuerte, rozando la dureza, su pasión desbordada. Y le encantó. ¿Cuánto tiempo hacía que nadie la deseaba con tanta intensidad? ¿Lo había hecho alguien alguna vez? No podía recordarlo, pero lo dudaba.

Soltó su sexo, le pasó los brazos por detrás del cuello y disfrutó del ardiente deseo que recorría sus venas. Le gustaba que él fuera más alto y ancho que ella. Curtis y Douglas habían sido de su estatura. Se había sentido con ellos como una amazona. Pero con Alex no. Era más grande en todos los sentidos y eso la hacía sentirse exquisita, deseable y femenina, pero no delicada.

Él recorrió sus curvas, le masajeó las nalgas. Sus manos y lengua hacían magia, la excitaban hasta un punto que jamás había experimentado. Lo besó enredando los dedos en su cabello y arqueándose contra él tanto como era posible. Aun así no era lo bastante cerca. Quería enrollarse alrededor de él, así que alzó una pierna, fue subiendo por el muslo y le rodeó la cintura con ella. Él la agarró de la rodilla, arqueó las caderas y entró dentro de ella. La conmoción de la súbita penetración la llenó, la dejó sin aire en los pulmones y le arrancó un gemido de puro éxtasis.

Él se retiró y luego se balanceó hacia atrás y hacia adelante una y otra vez, levantándola casi del suelo con cada embestida. Él corazón le latía a toda velocidad y cada músculo de su cuerpo se tensaba de deseo cada vez que entraba en ella, cada vez más profundamente.

Alex la levantó del suelo y sintió que el mundo se tambaleaba. Se sintió caer. Se colgó de sus hombros y se lanzó sobre su boca, pero él no la soltó, la llevó al colchón. Sintió las frías sábanas en la espalda, pero era el cuerpo caliente que tenía encima lo que ocupaba su atención.

Liberó la boca en busca de aire y después enterró el rostro en su cuello. No pudo evitar morderlo. Olía bien, sabía bien, era agradable. Alrededor de ella. Sobre ella. Dentro de ella. Sintió que la tensión crecía bajo su ombligo. Lo apretó internamente y externamente, alzó las nalgas y lo recibió más dentro.

Los rugidos de él reverberaban en su pecho. Con cada embestida tocaba en el punto exacto, y cada vez estaba más cerca. Le agarró los hombros y lo hizo girar hasta que fue él quien estaba de espaladas y ella encima, a horcajadas.

–Acaba –le ordenó él agarrándole los pechos.

Ella nunca había sido de aceptar órdenes, pero cuando le pellizcó los pezones haciendo que el placer le llagara hasta la médula, sintió que estaba dispuesta a hacer lo que le pedía. Se alzó sobre él y después se dejó caer, sacando de él todo lo que se podía. Una y otra vez se llenó del cuerpo de Alex, subiendo y bajando, balanceándose y girando. Los dedos de él le recorrieron el vientre hasta llegar a sus claros rizos. Encontraron su centro y con el pulgar empezó a acariciárselo.

Quería esperar, saborear, explorar la tensión que crecía con cada caricia, pero eso era demasiado largo. No podía aguantar tanto. El éxtasis explotó dentro de ella provocando una ola de conmoción a la que siguió otra. Sus músculos se contrajeron, tirando de ella hasta que ambos estuvieron cara a cara, pecho con pecho. Se dejó llevar por el ardiente deseo que vio en sus ojos, un deseo por ella que destruyó cualquier cosa que hubiera experimentado antes. Cerró las caderas mientras él embestía hacia arriba, más fuerte, más deprisa, y entonces él cerró los ojos y su cuerpo se separó de la cama mientras la liberación lo recorría haciendo que ella sintiera una serie de diminutas palpitaciones.

Sus respiraciones aceleradas se mezclaron mientras contemplaba el hermoso rostro que tenía debajo y trataba de reconstruir su mundo. Se había acostado con el exigente, impaciente y adicto al trabajo Alex. Y estaba segura de que se iba a arrepentir de ello… en un minuto.

Pero en ese preciso momento se sentía demasiado bien como para preocuparse porque Alex le hubiera proporcionado el mejor encuentro sexual de su vida.

Alex era bueno en la cama. Amanda podría haber vivido sin haberlo sabido.

Con los músculos aún sacudiéndose, se dejó

caer sobre la almohada y miró al techo tratando de recuperar el aliento y escuchando cómo Alex hacía lo mismo a su lado.

El camino del infierno estaba adoquinado de buenas intenciones. Y ella había adoquinado unos cuantos kilómetros esa noche. Tenía que haberse desecho de Alex en cuanto había llegado. Pero los dónuts recién hechos y la posibilidad de otro contrato la habían rendido.

Tenía que haberlo echado cuando le había lamido los dedos provocando un incendio dentro de ella. Pero no había sido capaz de decir «no» o «vete».

Había pensado en mandarlo a su casa después de la primera vez que habían hecho el amor. Después, en la segunda. Pero habían acabado cenando juntos mientras veían la segunda parte del partido de los Giants desnudos antes de meterse en la cama otra vez, donde finalmente se habían quedado dormidos.

¿Podría a la tercera? ¿Reuniría fuerza de voluntad esa vez? ¿Realmente quería hacerlo?

Empezar una mañana de martes con múltiples orgasmos hacía que quisiera romper el despertador. Sonrió, se dio la vuelta y se encontró con los ojos de Alex fijos sobre ella.

El corazón le dio un vuelco. Tenerlo al lado era demasiado bueno.

–Deberías marcharte.

–Un minuto. Ahora mismo no puedo ponerme de pie –dijo con una sonrisa que prácticamente acabó con su decisión.

El aroma del sexo llenaba la habitación. La agradable fatiga de una noche movida pesaba en sus músculos. No estaba segura de tener la fuerza necesaria para arrastrarse hasta la ducha y prepararse para las reuniones de esa mañana. Alex tampoco llegaría muy lejos.

–¿Cómo vas a hacer para ir a Connecticut y volver puntual al trabajo?

–Tengo una habitación en la oficina. Me ducharé aquí, contigo.

Sintió que la recorría un temblor, pero se echó a reír.

–No hace falta ser pitonisa para saber cómo acabará eso. Vamos a llegar tarde los dos.

Alex sonrió y se acostó de lado. Entonces su sonrisa se desvaneció. Le apartó un mechón de pelo de la mejilla y se lo colocó tras la oreja.

–Vente a casa conmigo este fin de semana.

Amanda se quedó sin respiración.

–No hemos hablado de la fiesta de Zack. Es un gran chico. Si lo conoces, te harás una idea mejor de lo que le gusta, y será más fácil sorprenderlo.

«Trabajo. Está hablando de trabajo. Concéntrate».

–¿Quieres que sea una fiesta sorpresa?

–Sí. Pasa el fin de semana en mi casa. Podrás conocer a Zack y a mis padres.

Se echó atrás. Lo último que quería era que sus padres se enteraran de que salía con Alex. Sería el único hombre de todos con los que había salido que considerarían aceptable. Y quería dejarlo en cuanto recuperara la cordura.

–Alex, jamás tendremos una relación de ésas de presentar a los padres.

–No es eso a lo que me refiero. Tienes que ver la casa de mis padres. Seguramente es el mejor sitio para la fiesta. Si después de ver la casa no te gusta la idea, entonces la celebraremos en cualquier otro sitio de Greenwich para que puedan venir los amigos de Zack. Tendrás que ayudarme a buscar ese sitio alternativo.

¿Por qué seguía haciéndole ofertas que no podía permitirse rechazar? Suspiró.

–Si accediera a pasar el fin de semana contigo, no lo interpretarás en un sentido equivocado y pensarás que esto es algo más que una locura temporal, ¿verdad?

Rodó sobre ella, metió una rodilla entre sus piernas y apoyó los codos a los dos lados de su cuerpo. La miró a los ojos y le rozó los labios con el aliento. De nuevo apareció el deseo.

–Esta relación durará sólo mientras sea beneficiosa para los dos.

Y con su cuerpo íntimamente conectado al suyo era difícil no apreciar los beneficios de su asociación. Pero sentía dudas y tenía tensos los músculos que hacía un instante estaban relajados.

Se obligó a relajarse. Necesitaba ese trabajo y cualquier otro que Alex pudiera conseguirle. Podría afrontar lo que surgiera. Y, además, era endiabladamente bueno en la cama.

–De acuerdo, Alex, tú ganas. Iré a Greenwich contigo.

Amanda sabía que Alex estaba forrado, pero no esperaba que su casa fuera una gran finca al final de una carretera flanqueada por cercas blancas en el campo de Greenwich.

El viernes por la tarde entró con él en el vestíbulo de estilo colonial y se detuvieron ante la escalera doble de mármol en medio de la sala recubierta de madera. A la izquierda se veía un salón con una altísima chimenea, un bar y un sofá de ante.

—Alex, es preciosa.

—¿Esperabas un pisito de soltero?

—Tienes reputación de ser un tipo con poca capacidad de concentración.

—¿Por eso te hacías la difícil?

—Ya te he dicho que no me lo hacía, soy difícil. Y ahora lo sabes después de la actuación de esta semana.

En los labios de él se dibujo esa sonrisa de «vas a tener un problema para olvidar esta maravillosa semana» que le hizo sentir por dentro el zumbido de un enjambre. Dejó las maletas en el suelo y caminó hacia ella perezosamente, pero con unos ojos de depredador que le dispararon el pulso.

—No tengo ninguna queja de tu actuación.

Se ruborizó desde la médula hasta los dedos de los pies y le apoyó una mano en el pecho para evitar el abrazo que sabía le iba a dar.

—Aquí no, o no acabaremos jamás con los detalles de la fiesta porque me distraerás.

Alex había ido a casa de ella dos de las tres noches anteriores con la excusa de organizar la fiesta. Se había quedado a pasar la noche, pero no trabajando en el evento. Amanda aún no había empezado a arrepentirse de la aventura, pero sabía que lo haría. Sus relaciones siempre acababan por volverse contra ella.

–Te voy a hacer un recorrido rápido –la agarró de una mano.

–¿No tenemos que estar donde tus padres para la cena pronto?

La miró con ojos malévolos, Había visto demasiadas veces esa mirada últimamente para saber que quería desnudarla, y si le daba tres segundos, ella también lo desearía. La anticipación le hacía perder el ritmo cardiaco.

–Por eso te voy a hacer el recorrido abreviado. Si no, te enseñaría mi dormitorio desde debajo de las sábanas. No verías mucho de la casa así –rezumaba sexualidad.

–Vamos –el deseo latía dentro de ella, pero lo reprimió.

Los tacones resonaron en el suelo de tarima mientras cruzaban el estudio decorado en madera de cerezo, el salón y el comedor formales y la cocina de encimeras de granito negro. Esa casa pedía a gritos una familia y una mujer que suavizara la espartana decoración con algunos jarrones y fotografías enmarcadas.

¿Pensaría Alex casarse y tener hijos? Nunca había oído nada sobre que hubiese estado lo bastante con nadie como para estar cerca de sentar la cabeza. Pero ¿para qué una casa como ésa si no pensaba tener familia?

«¿Y a ti qué te importa?».

Lo siguió hasta un patio adoquinado. El aliento se le condensaba por el frío de la noche. Las luces de fuera iluminaban una piscina de entrenamiento de al menos quince metros de largo. En las sombras se adivinaba una extensión de césped cruzada por un sendero adoquinado. Árboles de hoja perenne se mezclaban con otros ya sin follaje, uno de ellos con una gruesa rama perfecta para un columpio. La casa de Alex sería el lugar ideal para tener hijos.

Hijos. Ella jamás había pensado en tenerlos. Y, además, no podía. Su vida era un desastre. Antes de haberla enderezado no podía pensar en meterse en más complicaciones. Pero de pronto se preguntó si se estaría perdiendo algo.

«¡Por supuesto que no! ¿Qué sabes tú de ser buena madre? Nada».

Se arrebujó en su abrigo para protegerse del aire helado.

–Dijiste que me trajera el bañador, pero hace demasiado frío para nadar.

–Tengo un jacuzzi si te atreves después –señaló una esquina del patio–, pero mis padres tienen una piscina cubierta. Mañana podemos bañarnos con Zack y así puede que consigas saber la clase de fiesta que le gustaría.

La llevó otra vez dentro y subieron a una habitación de techo abovedado decorada en blanco, negro y gris. Una gigantesca cama con un cubrecama de seda salvaje de color peltre y un cabecero de madera tallada casi ocupaba una cuarta parte del enorme dormitorio. Una chimenea de gas con unos sofás alrededor ocupaba la pared de enfrente de la cama, y las ventanas francesas que daban a un balcón con vistas a la piscina, la otra pared. Imaginó que la vista sería hermosa y verde en verano.

La habitación recordaba a Alex. Lujosa, pero no ostentosa.

Su miraba volvió a la cama que compartiría con él. No le importaba ser una más de las que pasaba por ella. No le preocupaba.

Sí, le preocupaba. Y no tenía sentido. No tenía ningún derecho sobre él. Y no lo quería.

—¿Es aquí donde recibes a tus mujeres? —se arrepintió de sus palabras antes de terminar de pronunciarlas.

¿Por qué había dicho eso? No solía expresar abiertamente sus pensamientos.

—No traigo a las mujeres aquí, voy a su casa. Deberías haber notado que salir del tren expreso y meterse en un coche helado no es precisamente romántico —Alex dejaba su coche en la estación todos los días antes de dirigirse a Manhattan.

—Puedo entender que un viaje en tren de cuarenta minutos provoque un cambio de humor —sonrió.

Alex le acarició el borde de la mandíbula con un dedo, provocando en ella una oleada de excitación.

–¿Te ha cambiado el humor?

Ni de lejos. Prefería desnudarse ya mismo y hacer el amor con él delante del fuego que cenar con su familia. Las cenas familiares, en su opinión, raramente eran algo cómodo. Pero esa cena podría ser un buen empujón para su empresa.

–Bueno… ¿a qué hora nos esperan tus padres?

–Pronto. Dejaré el recorrido por el gimnasio del tercer piso, la sauna, el baño de vapor y el sótano para más tarde. Aunque preferiría quedarme aquí contigo… –señaló la cama con la cabeza–… tenemos que irnos.

Apreció su contención porque parecía que ella había perdido la suya… y su perspectiva. Ese fin de semana era de trabajo. Y eso incluía conocer a sus bien relacionados padres. Le gustase o no.

Si la casa de Alex era impresionante, encontró la mansión estilo castillo de sus padres intimidatoria incluso en la oscuridad.

Sentía el estómago como si se hubiese tragado la humeante pócima de una bruja. ¿Por qué estaba nerviosa por conocer a sus padres? Sólo eran potenciales clientes, no potenciales suegros, y su entrada a círculos influyentes.

Era por trabajo. Sólo para hacer contactos y poder entrar en los cargados bolsillos de la sociedad de Greenwich. El resultado de esa reunión podía hacer viable su empresa.

Pero se había entrevistado con anterioridad

con promotores de eventos de la alta sociedad y no había estado así de nerviosa. Y gracias a su familia y a su educación en Vassar, conocía a mucha gente muy rica. Aun así, las mariposas la atormentaban.

Se abrió la puerta principal y salió un adolescente alto y desgarbado de cabello oscuro. A pesar del frío, no llevaba abrigo sobre la camiseta de los Giants. Sonriendo, se acercó al coche cuando se bajaban.

–Es igualito a ti –le dijo a Alex.

Alex entornó los ojos y pareció tenso. ¿Por qué?

–Entiendo que es tu hermano.

–Es Zack.

Notó un tono extraño en la voz de Alex. Llevar una mujer a casa a que conociera a la familia implicaba cosas que ellos no querían. ¿Se sentía tan incómodo como ella?

–Es muy guapo. Así te imagino a ti con diecisiete. Seguro que eras un conquistador.

Volvió a mirarla de un modo extraño, pero sin decir nada. Zack llegó donde estaban y Alex le tendió la mano, se las estrecharon y después se abrazaron.

–Amanda, éste es Zack. Zack, mi amiga –enfatizó la última palabra– Amanda Crawford.

Miró a Alex con gesto interrogativo. ¿A qué venía el énfasis que había puesto en la palabra «amiga»? Eso implicaba que eran más que amigos, y no quería dar la impresión equivocada a su familia. Era verdad que en ese momento eran amantes, pero eso cambiaría pronto.

Amanda tendió una mano.

–Encantada de conocerte, Zack.

El adolescente la miró de pies a cabeza. ¿Había resentimiento en sus ojos? Le estrechó la mano brevemente.

–Igualmente –volvió su atención a Alex–. Los padres esperan dentro.

Alex le apoyó una mano en la espalda y la guió hacia el interior de la casa. El vestíbulo era tan opulento como el exterior de la casa hacía esperar. La decoración hablaba de dinero viejo.

El estómago se le hacía un nudo con cada paso mientras seguían a Zack al interior de una sala revestida de madera. Un hombre y una mujer se levantaron de los sofás contiguos al fuego con sonrisas de bienvenida. Era fácil apreciar que Alex y Zack habían heredado la tez de su madre y su aire patricio. El hombre rubio y de ojos azules era exactamente lo contrario de su mujer.

–Mamá, papá, ésta es Amanda Crawford. Amanda, Ellen y Harry Harper.

Ellen se acercó directamente a Amanda y le dio un efusivo abrazo. La calidez de su recibimiento dejó sorprendida a Amanda.

–Estamos muy contentos de que por fin Alex haya traído a alguien a casa –la miró tomándola de las manos.

Una oleada de aprensión la recorrió entera.

–Madre, ya te he dicho que esto no era…

–Oh, bah, Alex. Vete a servir algo de beber, cariño. No puedo esperar para conocer a Amanda mejor.

La incomodidad de Amanda se disparó. Lanzó a Alex una mirada de «arregla esto». Él se encogió de hombros y ella deseó aplastarlo. En lugar de eso, forzó una sonrisa y se volvió hacia su anfitriona cuando Alex ejecutó la orden de su madre.

–Gracias por invitarme a cenar, señora Harper.

–Ellen. Aquí no somos de formalidades. Y estamos muy contentos de que hayas venido.

En cuanto Ellen la soltó, el padre ocupó su lugar y atrapó la mano de Amanda entre las suyas.

–Me alegro de conocerte por fin, Amanda. Tu padre y yo nos conocemos desde hace años. Cuando he hablado con Theo esta tarde, le he dicho que venías esta noche con Alex. No podemos estar más encantados.

Amanda apenas pudo reprimir un gruñido. La noche no podía empezar peor. Los padres de Alex y los suyos pensaban que en su relación había algo más que sexo estelar y temporal. Cuando aquello terminara tendría que escuchar los sermones de sus padres sobre un nuevo fracaso.

¡Qué bien! Se moría de ganas de que llegara ese momento.

Capítulo Cinco

Amanda Crawford era una encantadora profesional. Los últimos dos días habían reforzado la idea de Alex de que era la persona adecuada para incrementar su visibilidad y sus relaciones. Nadie lo haría mejor.

El excesivamente caluroso recibimiento de su familia la había desconcertado, pero después de una mirada de pánico en dirección a él, había salido airosa y hecho funcionar su magia el resto del fin de semana, manteniendo agradables conversaciones con todos. Incluso había sacado a Zack de su retraimiento habitual… un retraimiento que cada vez era más frecuente.

Amanda era más suave que el coñac especial que había sacado para celebrar la ocasión. Sólo porque conocía la agenda oculta que había detrás, Alex se había dado cuenta de las sutiles preguntas que había hecho a Zack de cara a la fiesta.

Sacó su BlackBerry e hizo una anotación para reservar un espacio para tener una charla de tú a tú con Zack para llegar al fondo de la causa de esa actitud. Le frustraba poderle dar sólo un consejo de hermano. Dieciocho años antes no había querido saber nada de la paternidad y habría pagado un aborto sin pensarlo. Pero en ese momento quería decirle que era su hijo, decirle lo orgulloso que se sentía de él. Pero eso no sucedería jamás.

Dejó a un lado sus pensamientos, guardó la BlackBerry y estudió el perfil de Amanda mientras el taxi los llevaba a su apartamento. Estaba vuelta hacia la ventanilla, aparentemente absorta en la nieve que caía o el ir y venir de los peatones. Sobre todo, ignorándolo.

Sólo Amanda Crawford lo ignoraba.

Podía sentir cómo ponía distancia entre los dos. De hecho, había notado la frialdad desde que se había subido al tren con destino a Grand Central. Había querido que él se quedara en Greenwich, que la dejara volver sola a casa. Pero él siempre dejaba a sus mujeres en la puerta.

El único inconveniente del fin de semana había sido cuando se habían dicho adiós tres horas antes después del almuerzo del domingo. La sonrisa de su madre decía que ya estaba pensando en la boda.

Eso no iba a suceder, Alex estaba seguro, pero su madre no quería creerlo sin importar las veces que él le había dicho que pasaba demasiado tiempo enfrentándose a desastres financieros provocados por divorcios como para estar interesado en firmar una apuesta por un dolor de cabeza. Le preocupaba lo rápidamente que su madre había establecido vínculos con Amanda. Pero eso era culpa suya. Nunca había llevado a casa a una mujer antes.

El taxi se detuvo frente al 721 de Park Avenue.

Alex salió del coche y lo rodeó para abrir la puerta de Amanda. La visión de sus largas piernas bajo el corto vestido de cachemir lo golpeó rodeado de recuerdos de ella de rodillas encima de él en la cama, alrededor de él en la ducha y estirada sobre la alfombra al lado del fuego. Su corazón se lanzó a latir desbocado.

Se acercó al conductor, le pagó y sacó la maleta de Amanda del maletero.

–Alex, no hay ninguna necesidad de que me acompañes. Toma el taxi de vuelta a la estación.

–Tenemos que hablar de la fiesta de Zack. Quiero saber qué habéis cocinado mi madre y tú cuando nos ha mandado a los hombres de la casa a jugar al billar.

Amanda se arrebujó en el abrigo.

–Nada del otro mundo, pero Zack y ella me han dado algunas ideas sobre las que trabajar. Tenemos mucho tiempo para organizar este cumpleaños, la fiesta de tu empresa es otra historia. Cambias de tema cada vez que lo abordo.

–Una corrección: he puesto el asunto en tus capaces manos y confío en ti con los detalles.

–Sé que has dicho que querías que me encargara yo de todo, pero necesito algunas informaciones. La carta blanca suena bien para alguien que organiza eventos, pero he aprendido que luego raras veces esas celebraciones satisfacen las expectativas de quien paga. Y tú tienes expectativas, seas consciente o no.

Como no estaba listo para despedirse, siguió con el tema.

–Voy a por un par de cafés y tus pasteles de chocolate favoritos y me cuentas qué más se te ha ocurrido.

Hablar no era todo lo que pretendía hacer. En cuanto ella diera el último bocado a su pastel, le desataría el nudo de la cintura del vestido y se lo quitaría muy, muy despacio.

Su deseo por ella los tres meses anteriores había bordeado lo obsesivo. ¿Por qué poseerla repetidamente no calmaba esa obsesión? Era una debilidad que no podía tolerar.

La mucho menos que entusiasta expresión de Amanda habría provocado ansiedad en un hombre menos seguro de sí mismo. Pero Alex sabía bien que le daba placer en la cama. Ella no era tímida a la hora de expresar el placer o pedir lo que quería. Y eso lo encendía más que ninguna otra cosa.

–Ha sido un largo fin de semana, Alex. Tengo que preparar la semana que viene…

–Invítame a subir, Amanda.

Ella separó los labios y le sostuvo la mirada. Habría dicho que estaba pensando en despedirlo. Se acercó más, invadiendo su espacio, frotando sus muslos contra los de ella, arrancándole un gratificante jadeo.

–Vale. Puedes subir unos minutos.

Hicieron una rápida incursión en el Park Café y después volvieron al edificio. El portero los observó desde que entraron fijándose especialmente en la maleta de Amanda en la mano de Alex.

–Hola, Henry –lo saludó Amanda.

–Buenas tardes, señorita Crawford. Señor Harper.

Alex asintió en silencio mientras escoltaba a Amanda hasta el ascensor. Había aprendido a confiar en su primera impresión sobre las personas y había algo en el lenguaje corporal de Henry que le preocupaba.

Amanda miró a Alex mientras caminaban.

–Resulta increíble cómo se parece tu hermano a ti. Sois como una fotocopia. Tiene tu tono de piel, tus gestos, incluso tus mismas expresiones.

Alex sintió una punzada en la nuca. Había pasado mucho tiempo con Zack. ¿Habría adivinado la verdad?

–Somos hermanos. Los hermanos se parecen y hacen cosas iguales.

–Como no tengo hermanos, no lo sé. Los dos os parecéis mucho a vuestra madre. No encuentro ni una traza de tu padre ni en ti ni en Zack.

No quería seguir adelante con esa conversación. Apretó el botón del ascensor.

–¿Te he dicho lo que he disfrutado compartiendo la cama contigo todo el fin de semana? –le dijo al oído para que Henry no pudiera oírlo.

Ella se quedó sin respiración y el deseo le dilató las pupilas, provocando un incendio en su bajo vientre. Ella miró por encima del hombro en dirección a la portería y después le dedicó una sonrisa que lo dejó sin aire en los pulmones.

–Creo que lo has mencionado. Una o dos veces.

—Quiero quedarme esta noche, Amanda.

Ella se ruborizó. Se abrieron las puertas del ascensor. Se metieron dentro y, en cuanto se cerraron, se giró hacia él.

—Tienes que dejar de hacer esto. Es algo temporal, ¿lo recuerdas?

Alex le acarició la mandíbula con la yema de un dedo y después se agachó a beber de sus labios una, dos, tres veces. No era bastante. Se echó hacia atrás hasta que sólo permanecieron en contacto las puntas de la nariz.

—¿Dejar de decir que te deseo? ¿O dejar de pasar la noche contigo? No me mudo aquí, Amanda. Quiero perderme en ti otra vez. Estamos bien juntos.

Amanda apoyó la cabeza en la pared y lo miró, se humedeció los labios y respiró hondo.

—Puedes quedarte esta noche. Pero, Alex, cuando termine tu fiesta, terminamos nosotros, ¿vale? No estoy buscando nada estable. Y tú tampoco. Vamos a no tratar de hacer de esta diversión temporal algo que no es. Tus padres ya piensan… Bueno, vas a tener que convencerlos de que no va a pasar.

—No, no va a pasar. Yo no me caso.

La quería para más que unas semanas, pero ya se preocuparía de hacerle cambiar de opinión más adelante. Al menos, podrían pasar juntos unos meses. Nunca había conocido una mujer con la que quisiera pasar el resto de su vida. Ni siquiera la madre de Zack. Especialmente no con la madre de Zack. Chelsea Brooks era complicada, embustera y codiciosa. Una pena no haberlo sabido antes de tener una aventura con ella.

Pero Amanda no era como Chelsea en ningún sentido. Se acercó a ella todo lo que los cafés que ella llevaba le permitieron y bajó la cabeza. Se encontraron a medio camino. Ella separó los labios y sus lenguas se reunieron. El deseo creció dentro de él. Inclinó la cabeza para profundizar el beso y su aroma lo llenó. Soltó la maleta y metió las manos debajo del grueso abrigo hasta encontrar el calor de la cintura.

Unos meses de aquello sería suficiente.

Tendría que serlo. Pero, de momento, su ansia parecía insaciable.

Una campana anunció que habían llegado al piso de Amanda. Alzó la cabeza y respiró hondo antes de que las puertas se abrieran. La interrupción fue positiva, porque él no era muy dado a las demostraciones públicas de afecto.

¿Cómo le había hecho Amanda eso? Había conseguido que olvidara que seguramente el ascensor tendría cámaras de seguridad. En su negocio la imagen lo era todo. No podía permitirse ser cazado con los pantalones bajados, literal o metafóricamente. Pero también era verdad que a nadie del 721 de Park Avenue le importaba lo que hacía. No era un residente. Y en Greenwich mantenía un perfil muy discreto. La prensa lo ignoraba y ponía su foco en las celebridades que vivían en la ciudad.

Soltó a Amanda, agarró la maleta y la siguió fuera del ascensor. Lo que vio en los ojos de ella le resultó gratificante: él no era el único que vivía en medio de una niebla hormonal.

Pero esa niebla, como todas, al final se disiparía.

¿Por qué había dejado a Alex meterla en eso?, se preguntó Amanda mientras abría la puerta del apartamento.

«Porque te ha dedicado esa mirada, la que anula tu capacidad de pensar. Una mirada que seguramente lleva perfeccionando desde que era más joven que Zack. Y te ha tentado con un pastel. ¡Cielos, qué fácil eres!».

Después de casi sesenta horas de compañía ininterrumpida de Alex, tenía que alejarse un poco de él. Verlo interactuar con Zack… Había conocido una parte de él ese fin de semana que sería mejor no haber visto. Un hombre pendiente, amable, comprensivo que no se ajustaba a la imagen que tenía de él. Y no podía permitirse verlo de otra manera que no fuera la de un juego. Lo de Alex era algo temporal. Así era como le gustaba.

Empujó la puerta con el hombro y fue directa a la cocina, donde dejó el paquete con los cafés y los bollos. Alex la siguió.

–Siéntate. Voy a por tu carpeta, está en mi despacho.

–Come algo primero –la agarró de los codos–. Sé que te gustan los pasteles recién salidos del horno.

—Es porque las perlas de chocolate están aún blandas y deliciosas —se le hacía la boca agua al pensarlo.

Se quitó el abrigo y él lo tomó de su mano para echarlo encima de una silla.

«Céntrate. Dale de comer, ponlo al día y deshazte de él».

Mientras ella sacaba unos platos de un armario, él abrió la bolsa. El aroma a chocolate y avellana tostada llenó la habitación. Se sentó en una de las banquetas y Alex hizo lo mismo al lado de ella. Sus rodillas se rozaron y saltaron chispas.

¡Madre mía! Había agotado la cuota de orgasmos de un año en ese fin de semana. ¿Cómo podía ponerse tan caliente sólo con que se rozaran sus rodillas?

Intentó concentrarse en el dulce, pero se manchó los dedos. Si hubiera estado sola se los habría chupado, pero con Alex allí no podía.

Se levantó a por unas servilletas, pero él la agarró de la muñeca y la colocó entre sus rodillas. Sus miradas se cruzaron mientras él se llevaba su mano a la boca y le limpiaba los dedos con la lengua. Se estremeció de deseo.

Le pesaban los párpados y cerró los ojos. No fue buen idea. La falta de visión acentuaba sus demás sentidos. Se entregó al aroma, el abrazo de sus fuertes muslos, la cálida caricia de la lengua en cada dedo y la mano en la piel de su muñeca. Tenía que notar su pulso desbocado.

Abrió los ojos. Él terminó con la mano izquierda y pasó a la derecha. El deseo le ruborizó las mejillas, haciendo que se sintiera más caliente que el chocolate derretido del pastel.

Pero no protestó porque no le salía la voz. Alex hundió su dedo en una mancha de chocolate fundido y después le pintó los labios con él lentamente. La intensa concentración de sus ojos en los labios hacía difícil respirar. Él inclinó la cabeza y lamió una mota de chocolate.

Casi se cayó desmayada.

«Para. Para. Desearlo tanto no puede ser bueno».

El paso de la lengua le arrancó un gemido. Aprovechando los labios separados, él deslizó la lengua en su boca. Disfrutó del beso, pero luego él se echó atrás y ella se quedó mirándolo.

Alex volvió a mojar el dedo en chocolate y dijo:

–Abre.

Ella obedeció y el rico chocolate inundó su boca. Como si le hubiera leído la mente, volvió a besarla. Sintió que la mente se le derretía. La tenía desequilibrada física y mentalmente.

Un tirón de la cintura la sacó de su ensimismamiento.

–¿Qué haces?

–Espera y verás –tiró de nuevo del cinturón del vestido.

Amanda sintió el aire frío cuando su torso quedó al descubierto.

Los dedos aún pegajosos evitaron que se sujetara el vestido mientras éste caía por los hombros hasta llegar a los codos. Jamás sería capaz de quitarle las manchas de chocolate.

–Se suponía que íbamos a mirar lo de tu fies…

Alex extendió un poco de chocolate justo en el borde del encaje del sujetador y después en el escote.

–¡Eh! –pero él se inclinó sobre el chocolate y la protesta se convirtió en un gemido–. Trabajando, Alex, se supone que deberíamos estar trabajando.

El calor que sentía dentro se intensificaba y le ablandaba las rodillas. Le debilitaba las piernas. Se agarró al borde de la mesa para mantenerse de pie. Él le pintó el otro pecho con chocolate y después lo limpió. Le bajó los tirantes del sujetador por los brazos dejando al descubierto los pezones, que también recubrió con chocolate. La sensación de la boca de Alex despertó un profundo deseo en su vientre y provocó una respuesta que ella creía ya agotada.

Se mordió el labio inferior. No podría volver a comerse su golosina favorita sin recordar esa escena.

–Tócame –ordenó él sin abandonar su pecho.

–Manos. Chocolate. Cachemir –fue lo único que pudo articular.

Alex se puso en pie, se quitó el suéter y la camiseta y los tiró.

Sexo con comida. Algo nuevo para ella. Nuevo y excitante. Pero el sexo con Alex había sido una aventura cada vez. Una aventura a la que tenía que poner fin. Pronto.

Metió un dedo en el bizcocho y se lo embadurnó. Dudó entre varias opciones y decidió poner la huella dactilar en cada pezón. Sin dejar de mirarlo, se inclinó para chuparlos.

Las pupilas de Alex se dilataron y lanzó las manos a la cintura de Amanda mientras ella se afanaba en limpiar su piel.

–Hace meses que me vuelve loco verte comer estos pasteles.

–¿Verme comer te excita? –se irguió asombrada.

–Es por la sensualidad con que saboreas cada bocado. Sabía que pondrías la misma expresión cuando estuviera dentro de ti.

–¿Lo hago? –sintió que ardía por dentro y se ruborizó.

–Sí. Deja caer el vestido –dijo con la misma vibración que el motor de una moto.

Tenía que haber perdido el juicio para hacerlo. Habían subido a trabajar. Pero el trabajo tendría que esperar. Bajó los brazos y le vestido cayó al suelo.

Alex le desabrochó el sujetador y lo dejó seguir el mismo camino, dejándola sólo con las botas y el tanga de encaje. La devoró con la mirada, deteniéndose en los pechos, recorriendo lentamente el vientre, las caderas y los muslos antes de recorrer el mismo camino a la inversa.

Le agarró la cintura con las dos manos y creó con ellas una franja de calor que fue subiendo por los costados hasta llegar a los pechos, para luego volver a bajar arrastrando con ellas el tanga hasta las rodillas. Se inclinó y besó el tatuaje de la cadera izquierda, dejándola sin aliento, después la levantó y la sentó en el taburete del que se había bajado y le bajó el tanga hasta los tobillos. Le apoyó las manos en las rodillas y se las separó para avanzar entre sus muslos. La rodeó con los brazos hasta poner pecho contra pecho y entonces la besó en los labios de un modo caliente, húmedo y carnal.

Le acarició la espalda con las manos y finalmente los pechos. Acarició los pezones hasta que ella se retorció de deseo. Las manos siguieron hacia abajo, encontrando su humedad y encendieron un fuego que ningún agua podría apagar. Alex tenía unas grandes manos, eso tenía que reconocerlo. Y una gran boca. Y una gran...

Sentir sus dientes en el cuello interrumpió sus pensamientos. Se arqueó bajo sus caricias, deleitándose en cada movimiento de sus dedos hasta que empezó a temblar al borde del clímax, para lo que necesitaría algo más que sus manos.

Él llevaba aún demasiada ropa. La piel de su espalda estaba erizada por el suave roce de sus uñas. Sus nalgas se tensaban bajo sus caricias. Amanda deslizó los dedos bajo el cinturón, soltó la hebilla y bajó la cremallera. Impaciente por darle tanto placer como él le daba, le bajó los pantalones y calzoncillos y rodeó su sexo con la mano. Sedoso y caliente, empezó a latir por efecto de sus caricias.

Alex interrumpió el beso con un siseo y sacó un preservativo del bolsillo antes dejar caer los pantalones al suelo.

Luchando por poner distancia mental, ella asintió señalando el paquete que él tenía en la mano.

—Siempre los llevas encima, ¿no?

—Cuando estoy contigo, sí. Si no, no. Soy demasiado mayor para pensar como un chaval que está siempre preparado por si hay suerte.

No era lo que quería escuchar. Eso hacía parecer que él no era sólo un juego. Se recordó a sí misma que sólo les quedaban trece días de relación. Menos de dos semanas para atracarse del talento de Alex en la cama, en la ducha, en el jacuzzi o en la cocina, como era el caso esa noche. Después llegaría el mono. Una parte de ella quería almacenar esa satisfacción sexual para cuando llegara ese momento; otra quería dejarlo ya, antes de convertirse en más adicta a ese hombre de lo que lo era a los pasteles de chocolate del Park Café.

Su lado exigente ganó la discusión. Le sujetó la nuca con una mano y tiró de él para darle otro beso. Alex no rechazó la oferta. Le gustaba un hombre que no perdía la confianza en sí mismo ni se sentía amenazado cuando la mujer se volvía agresiva.

Dejó que ella estableciera el tono del beso. O quizá estuviera tan desesperado como ella. Sus dientes se encontraron, chocaron las narices, pero los suaves labios, la cálida lengua y las diestras manos siguieron acariciándola.

Con un rincón de su mente oyó cómo se abría el envoltorio del preservativo. Se le paró el corazón cuando Alex le puso las manos en las nalgas y la arrastró hasta el borde de la banqueta.

Empujó en su entrada deslizando la punta en

su humedad, y después embistió hacia delante. Apartó la boca de la de él para gemir y respirar. Cuando Alex se retiró, le clavó las uñas en las nalgas para que volviera a entrar. El se deslizó más profundamente y después se retiró, y así una y otra vez. Ella se echó hacia atrás para darle mejor acceso.

El placer fue creciendo atizado por el pulgar que describía círculos sobre su centro. Amanda cerró las piernas sobre sus caderas y entonces el orgasmo estalló en ella como los bajos en un altavoz, haciendo latir y contraerse su cuerpo.

Las manos de Alex se tensaron sobre sus nalgas, incrementó el ritmo y su boca cubrió la de ella en un beso desesperado. Su rugido le llenó la boca mientras se ponía rígido por su propio clímax.

¿Por qué nunca ningún otro hombre la había hecho sentirse tan viva?

No era justo que por fin encontrara a uno que meciera su mundo y no pudiera mantenerlo. pertenecía demasiado a ese mundo tan restrictivo en el que ella había crecido.

Un mundo al que nunca se adaptaría.

Capítulo Seis

Un teléfono móvil arrancó a Amanda del sueño. Rodó medio dormida hasta que lo encontró y lo abrió.

–Hola –miró el reloj de la mesilla.

Las cinco y media. ¿Quién llamaba a esas horas de la mañana un lunes?

–Amanda, cariño –la voz de su madre la despertó por completo–. Estoy tan orgullosa de ti…

Una palabras que jamás había oído a sus progenitores. ¿Estaba soñando? Empezó a preguntarse qué habría hecho para merecer ese trato. No le vino nada a la cabeza.

Un fuerte brazo rodeó su cintura. Unos dientes mordieron su hombro despertándola de un modo completamente distinto.

Alex. Se había quedado por la noche. Otra vez. Se preocuparía de eso después. En ese momento sólo podía disfrutar de su abrazo y de la erección matutina que presionaba sus nalgas.

Se concentró en la llamada.

–Buenos días, madre. ¿De qué hablas?

La mano que saltó de la cintura al pecho la distrajo, pero era demasiado agradable como para detenerla. Alex sabía exactamente cómo tocarla para sacar el máximo beneficio. Lo retorcido que resultaba tener a Alex desnudo a su lado mientras su madre le gritaba en el oído era lo mejor de todo.

—¡Estoy hablando de tu asociación con Alexander Harper! Me alegro tanto de que por fin actúes con sentido común…

Sus palabras acabaron con la magia del momento. Se sentó bruscamente, liberándose de la boca y los brazos de Alex. Un escalofrío que no tenía nada que ver con que se cayeran las mantas la recorrió entera.

—Mi amiga del periódico dice que has pasado el fin de semana con la familia Harper.

Aquello no era bueno. No era bueno en absoluto. Sus padres esperarían algo más que una aventura y ella no les daría nada más que otra decepción. Miró a Alex y vio sus ojos fijos sobre ella.

—¿Qué amiga? ¿Qué periódico?

—Escribe la columna de sociedad de Greenwich. Hablan de los sucesos del fin de semana y, según parece, tu pretendiente y tú habéis sido vistos por la ciudad.

¿Su pretendiente?

—No es lo que piensas. Alex y yo estuvimos buscando un sitio para la fiesta de cumpleaños de su hermano. Y no se lo digas a nadie, porque se supone que es una fiesta sorpresa.

—Puedes inventarte lo que quieras, cariño, pero mi amiga dice que a Alexander y a ti se os veía muy amigos en las fotos que os hicieron.

Amanda se encogió. Sí, Alex y ella se habían tomado de la mano, sí, se habían dado algunos abrazos y besos durante un paseo. ¿Cómo iba a evitarlo? Era demasiado atractivo. Pero se habría guardado las manos y los labios para ella si hubiera sabido que había alguien haciendo fotografías.

–Amanda, tu padre y yo lo aprobamos por completo. Un hombre como Alexander es un excelente partido. Es exactamente lo que necesitas, y tiene suficiente dinero como para que puedas olvidarte de esa empresa tuya.

Amanda apretó los dientes para no gritar.

–Madre, tú no vas a dejar tu negocio, ¿por qué había yo de dejar el mío?

–Porque el mío da mucho dinero y es respe…

–Respetable, sí, lo sé –¿por qué se molestaba en repetir esa discusión una y otra vez? Jamás ganaría.

Pero quería hacerlo, por eso lo seguía intentando.

Alex atrajo su atención al salir de la cama desnudo. Su piel dorada, ligeramente sombreada por suaves espirales de vello, la hipnotizaba. Su mirada se dirigió a su erecto sexo. Sintió dentro el deseo a pesar de tener a su madre parloteando en su oreja.

–¡Amanda!

Oh, se había perdido algo.

–Lo siento, mamá, ¿qué decías?

–Decía que tienes que traerlo a casa a cenar.

Amanda sintió que se le daba la vuelta el estómago.

–No creo que sea buena idea.

–Es de buena familia.

–Sí, lo sé, pero…

–Tiene una casa y un exitoso bufete de abogados. Seguro que sólo su ropa vale más que todo lo que tenían tus anteriores relaciones.

Vaya, eso podía ser cierto.

–Tienes que hacerte mayor y olvidarte de esa tontería de las fiestas –continuó diciendo su madre–. Tú puedes hacerlo peor que Alexander Harper. De hecho, así ha sido. Siempre.

Otra herida. No podía soportar aquello sin cafeína.

–Mamá, tengo que prepararme para ir a trabajar. Te llamaré cuando tenga tiempo para hablar –no lo haría.

–Dame una lista de fechas en que Alexander pueda venir a visitarnos y tu padre y yo echaremos un vistazo al calendario –colgó dejando a Amanda con la sensación de que le había arruinado el resto del día. Como siempre que hablaba con sus padres.

–¿Algún problema? –preguntó Alex volviendo del baño.

–Nada que no pueda manejar –apartó la sábana y se levantó.

La agarró por la cintura y la abrazó.

–Dúchate conmigo –le susurró.

–Alex –el deseo la asaltó rápido y con fuerza, seguido de una idea loca.

¿Qué pasaba si se quedaba un poco más con Alex? No para siempre, una temporada. Sólo hasta que su empresa empezara a caminar con firmeza. Se quitaría a sus padres de encima.

Sería un verdadero infierno cuando terminara la relación…

Pero, ¿no valdría la pena contar con la aprobación de sus padres mientras durase?

Estudió el gesto de él y valoró los riesgos.

–Parece que en los periódicos de Greenwich van a salir algunas noticias sobre nuestra relación. Quizá deberíamos considerar extender esta aventura hasta el cumpleaños de Zack. Será más fácil mantener la preparación en secreto.

La miró con los ojos entornados y dijo:

–Por mí, bien.

Ella esperó no tener que arrepentirse de prolongar su aventura temporal.

Deposite un millón de dólares en la cuenta del Gran Caimán que aparece más abajo o la verdad sobre el auténtico parentesco de su «hermano» será hecha pública.

No vaya a la policía o se arrepentirá.

La tensión invadió los músculos de Alex y el frío lo envolvió la tarde del miércoles cuando leyó la cuartilla escrita en negrita. ¿Quién enviaba eso?

Volvió a leer la carta, pero en ella no aparecía nada más que los datos bancarios y la exigencia. Su nombre y dirección estaban mecanografiados. No había remitente ni nada que permitiera identificar el sobre.

El sello rojo de *Confidencial* en el lado izquierdo no llamaba la atención. Recibía a diario correo con esa marca. Era la naturaleza de su negocio.

Normalmente no había nada personal en los contenidos, pero Moira hacía mucho tiempo que le pasaba esos sobres sin abrir. Se los devolvía en cuanto se daba cuenta de que pertenecían a su jurisdicción.

Lo que lo llevaba de vuelta a la pregunta de quién había hecho eso. Muy poca gente conocía la verdad sobre el parentesco de Zack. Chelsea y él. Sus padres. El abogado que había llevado la adopción. Pero sus padres no harían algo así, y el abogado era demasiado mojigato y respetable. Sólo quedaba Chelsea.

¿Estaría la madre biológica de Zack volviendo a sus viejos trucos? Ya lo había vendido una vez. En los últimos dieciocho años no había mostrado el menos interés por ver a su hijo, ni siquiera por conocerlo. Y tenía gustos caros. Quemaba dinero como un incendio californiano en tiempo de sequía.

Era codiciosa. Había acudido a pedirle dinero varias veces después de su separación. Pero nunca la había creído tan estúpida. Tenía que saber que sería de la primera que sospechase. Dejó la carta en la mesa, agarró el teléfono y marcó un número.

–¿Qué demonios pretendes? –espetó en cuanto respondieron.

–¿Alex? ¿De qué hablas?

–De la carta de extorsión.

–¿Qué?

–¿Has escrito una carta amenazando con revelar el parentesco de Zack?

–¡No! Yo… no. No haría algo así –su conmoción parecía auténtica.

–Como si fuera la primera vez que intentas sacarle dinero a mi familia. Ni la segunda. Ni siquiera la tercera…

–Alex. Yo no he sido. Te lo juro. La galería va muy bien. Podrías pasarte a verlo. Después podríamos salir a cenar.

El tono sugerente de su voz no le dijo nada. Había tratado de cazarlo casi diecinueve años antes y, periódicamente, cada pocos años, hacía una representación con él cuando estaba sin pareja. Pero no le interesaban las mujeres oportunistas que ponían precio a sus hijos.

Normalmente ignoraba sus intentos porque, si reaccionaba, eso parecía animarla.

–No me interesa, Chelsea. Ni tu galería, ni nada que puedas ofrecerme.

–¿Ni siquiera si te ofrezco la oportunidad de invertir en un artista nuevo y fabuloso?

–No, gracias. ¿A quién le has hablado de Zack?

–A nadie, te lo prometo. No es una parte de mi vida que me guste compartir.

Eso se lo creía. Puso fin a la llamada.

Si no había sido Chelsea ni ninguno de sus colegas, ¿quién podía ser? Se puso en pie y caminó hasta la ventana. La aprensión le hacía estar tenso como una cuerda de guitarra. Tenía que proteger a Zack. Daba lo mismo lo que costase. Si no, su «hermano» saldría herido y probablemente provocaría en él una rebelión. ¿Qué podía hacer?

¿Pagar? No, Los chantajistas siempre querían más. ¿Entonces, qué? ¿Ignorarlo? ¿Llamar a la policía? La única solución permanente era eliminar la amenaza. Eso suponía ir a la policía sin importar lo que dijera la nota. Pero no podía confiar a nadie algo tan volátil.

¿En quién podía confiar entonces? Un detective privado podría valer, pero eso llevaría mucho tiempo.

El detective que le había interrogado dos veces después del asesinato de Marie Endicott en el 721 de Park Avenue parecía un tipo recto. Quizá Arnold McGray pudiera recomendarle a alguien de dentro de departamento que manejara ese caso con discreción.

Alex buscó la cartera donde tenía una tarjeta del detective, pero antes de que pudiera llamarlo, sonó el intercomunicador.

—Amanda Crawford está aquí por su cita para comer.

Amanda. La crisis desatada le había hecho olvidarla… Era la primera vez desde hacía meses que salía de su cabeza. Su interés en ella podía estar menguando, pero su pulso decía lo contrario.

«Porque aún tienes que utilizarla para llegar más lejos profesionalmente».

Era eso.

¿Podría estar ella tras el chantaje? Desde el fin de semana en Greenwich había señalado varias veces el parecido entre Zack y él.

—¿Alex? ¿La hago entrar? —Moira interrumpió sus pensamientos.

–Sí –ella no parecía alguien que se inclinara por la extorsión.

Pero andaba mal de dinero y acababa de pasar el fin de semana con su familia. ¿Habría adivinado quién era realmente Zack? No sabía cómo eso habría sido posible, pero podía explicar por qué había accedido a prolongar su aventura cuando antes era tan reacia.

Se abrió la puerta. Moira hizo entrar a Amanda. Buscó en su rostro alguna señal de que hubiese sido ella quien había mandado la nota de chantaje o de que supiera quién lo había hecho. Pero ella lo miró directamente a los ojos y su sonrisa le pareció sincera. Un ligero arrebol le teñía las mejillas de forma adorable. Nada en su hermoso cuerpo parecía evasivo o expectante. Llevaba su siempre presente maletín y los habituales tacones, en esa ocasión del mismo ante que la falda.

Si no había sido ella, ¿podía ser su ex? ¿Habría compartido sus sospechas con Curtis Wilks?

–Os traeré la comida en cuanto llegue –dijo Moira antes de cerrar la puerta.

Amanda dio dos pasos y se detuvo. Lo miró con expresión de desconcierto.

–¿Ocurre algo?

–No –no pensaba contárselo.

Ella se encogió de hombros y dejó el maletín encima de la mesa. Ese movimiento hizo volar la nota de extorsión. Con un gesto rápido, Amanda se agachó y la atrapó en el aire antes de que llegara al suelo. El movimiento hizo que se le subiera la falda y le ofreció una excitante panorámica de la parte trasera de los muslos.

–Toma –dijo irguiéndose con la nota en la mano.

Antes de que se la pudiera quitar de la mano, sus ojos cayeron sobre las letras. Abrió los ojos de par en par y después lo miró a él. Su conmoción parecía auténtica, pero había algo más en su mirada, algo que faltaba en su expresión y que hizo que se le cerrara el estómago. Amanda mostraba una total falta de sorpresa.

–Alex, ¿qué vas a hacer?

–No es asunto tuyo.

–No me estoy entrometiendo –se puso rígida–, pero tendrás que hacer algo. Eso hará daño a Zack si no lo sabe ya.

Alex sintió que la aprensión lo paralizaba. Trató de controlar sus emociones.

–¿Si no sabe qué?

–Que no es hijo de tu padre –dijo mordiéndose el labio inferior.

¿Cómo lo había descubierto? ¿Qué iba a hacer con esa información?

–¿Por qué piensas eso?

–¿Además de por los dieciocho años que os lleváis?

–Sí.

–Mientras andabais haciendo cosas de hombres, tu madre mencionó de pasada lo mucho que había sentido perderse tu graduación porque estaba viviendo en París cuando nació Zack. Pareció arrepentirse del desliz, así que no seguí hablando del tema. Pero al leer esto… parece confirmar lo que pensé.

–¿Y qué pensaste?

–Que quizá tus padres pasaron por una separación temporal y que tu madre tuvo una aventura en ese momento… No es algo de lo que avergonzarse. Muchas parejas pasan por separaciones.

Su madre había vivido en París durante el embarazo. ¿Estaba Amanda diciendo la verdad o sólo tenía curiosidad por confirmar los detalles? Con tanto en juego no podía permitirse correr riesgos.

–No has acertado.

–Vale –no parecía muy convencida–. ¿Qué significa eso?

–No te metas –le quitó la carta–. Esto no te incumbe.

–Bueno, discúlpame por preocuparme. ¿Qué vas a hacer? Para proteger a Zack, quiero decir.

–Yo lo manejaré.

–Me gusta tu hermano, Alex, y es obvio que tu padre lo adora. ¿Te ayudará Harry?

–¿Ayudarme a qué?

–A reunir ese dinero.

–¿Esperas que pague?

–¿Qué elección tienes? Dice que no vayas a la policía.

Alex sopesó las palabras de ella, su expresión y su lenguaje corporal. ¿Estaba ocultando que conocía al chantajista? ¿Sabía más de lo que dejaba entrever? Si era así, él no lo notaba.

–¿Has mandado tú la nota?

Amanda se quedó pálida. Las mejillas se llenaron de manchas rojas.

–¿Crees que quiero chantajearte? ¿Hacer daño a Zack? –levantó una mano antes de que él pudiera responder–. No respondas. Que hayas planteado la pregunta ya lo dice todo. No me conoces. Lo único que tenemos en común es buen sexo. Y ya no lo tendremos en mucho tiempo.

El tono gélido de su voz se ajustaba a la temperatura del exterior. Abrió su maletín con un movimiento decidido.

–Quizá deberíamos dedicarnos a la auténtica razón de mi visita. Faltan diez días para tu fiesta.

–Ciertamente –hasta que llegara al fondo de aquello, no podría confiar en ella ni en nadie.

La cabeza de Amanda era un torbellino y su corazón… su corazón estaba en serios problemas. Se estaba enamorando de Alex. ¿Por qué si no esa acusación le había dolido tanto?

Jamás sabría cómo se las había arreglado para superar la hora anterior. Con expresión indescifrable mantenía la vista fija en las cifras del panel sobre la puerta del ascensor mientras bajaba del despacho de Alex tras la tensa comida de trabajo. La cabina se detuvo casi en cada piso. Notaba el latido del corazón en los oídos.

No podía enamorarse Alex… ¿O era demasiado tarde? Quizá.

No. No era demasiado tarde. No dejaría que fuera demasiado tarde.

Pero una sensación de condena cayó sobre ella. ¿Por qué siempre se enamoraba de los tipos equivocados? ¿Tenía una vena masoquista? ¿Le gustaba sufrir?

Eso parecía. Atraía los romances desastrosos.

¿Cómo podía Alex acostarse con ella, dejarle dinero, contratarla y presentarle a su familia si confiaba tan poco en ella? Apenas había prestado atención al tema profesional durante la última hora dando vueltas a esa pregunta en su cabeza.

El ascensor llegó al bajo. Salió al vestíbulo con el resto de la gente. Pasó como en una nube por las puertas de cristal y en la calle un viento frío la golpeó. Sin saber hacia dónde ir, se detuvo en la acera. ¿Debía irse a casa a darle vueltas a su descubrimiento sola o a otro sitio? Necesitaba un pastel de chocolate y un café. O un martini de frambuesa. Mejor un martini. O dos.

«Fantástico. Ese hombre te hace beber en pleno día».

¿Estaría libre Julia? Sacó el móvil y echó a andar en dirección a su apartamento, pero entonces recordó que estaba embarazada. Su ex compañera de piso no podía beber alcohol. Y beber sola no era un hábito que quisiera adquirir. Guardó el teléfono.

—¡Amanda! —oyó una profunda voz tras ella.

Una voz que no quería oír en ese momento. Aceleró el paso.

—Amanda, espera.

Un semáforo y una hilera de taxis impidió que

escapara de Alex, que la alcanzó cinco segundos después.

–Lo siento –dijo él dándole la vuelta.

La disculpa la sorprendió. Tenía que estar congelado. Había salido sin abrigo y ella estaba helada con abrigo y bufanda.

–Estoy preocupado por cómo se tomará esto Zack. No sé cómo protegerlo. No debería haberte acusado, pero no tengo ni idea de dónde sale esta amenaza, ni de cómo enfrentarme a ella.

Vaya, un hombre que reconocía la incertidumbre. Interesante. Y raro.

El amor y la preocupación de Alex por su hermano redujo parte de su enfado.

–¿A qué «esto» te refieres? ¿A que Zack no es hijo de tu padre? Sí, eso puede que al principio le haga sufrir, pero tu padre lo quiere y lo ha criado como si fuese su hijo. Zack superará el dolor cuando piense en que tu padre siempre ha estado ahí.

–No he dicho que Zack no fuera de mi padre.

–No hace falta. Es evidente que es hijo de tu madre.

La expresión de Alex se tensó aún más y el frío viento le dibujaba líneas rojizas en las mejillas. Parecía como si tuviera algo que decir, pero permaneció en silencio y se metió las manos en los bolsillos de la chaqueta.

–Deberías volver dentro –dijo ella–. No puedes estar aquí fuera sin abrigo.

–Te veré esta noche –dijo asintiendo.

Tenía que poner distancia con él mientras pudiera. Dejarle pasar tantas noches en su casa era garantía de que le rompiera el corazón.

—No. Creo que… necesito un poco de espacio, Alex.

—¿Qué tal en esa fiesta del viernes por la noche? —la miró a los ojos.

Sonrió. Había olvidado el acto benéfico al que le había pedido que lo acompañara. Se lo había prometido, y ella siempre cumplía sus promesas.

—Estaré lista a las siete.

El viernes tendría un plan de actuación y los muros firmemente levantados. Jamás volvería a cometer el error de olvidar que Alex era algo temporal.

Porque esa mañana había probado cómo sería la separación. Y no le había gustado.

Capítulo Siete

–Detective –Alex tendió la mano por encima de la mesa y estrechó la de Arnold McGray.

–Harper –el delgado, pero de vientre prominente, detective cuarentón le estrechó la mano con firmeza–. Siéntese y dígame qué le trae a mi territorio.

–He recibido una carta de chantaje hoy mismo. Sé que la extorsión está fuera del ámbito de homicidios, pero esperaba que me pudiera poner en contacto con alguien del departamento que pueda manejar esto con discreción.

–¿Ha traído la nota?

Alex sacó una funda de plástico transparente del bolsillo y la puso encima de la mesa. Antes de sentarse en una silla desvencijada, se quitó el abrigo y lo dejó en el respaldo de otra.

–Si la nota está relacionada con el 721 de Park Avenue, entonces es parte de mi investigación hasta que se determine lo contrario –sin abrir la funda de plástico revisó la carta y después el sobre–. ¿Cuál es el secreto que amenazan con hacer público?

–¿De verdad necesita saberlo?

–Puede ayudar a desenmascarar el móvil –dijo el detective adivinando sus dudas.

Cierto. Alex miró por encima del hombro.

–Zack es hijo mío, no de mis padres.

–¿Y eso no es de conocimiento público?

–No.

El detective se tomó un momento para garabatear algo en una libreta.

–Además de usted, ¿quién más ha tocado la nota?

–Mi secretaria, un número indeterminado de empleados de Harper y Asociados y Amanda Crawford.

Sin mover un pelo McGray pareció más alerta. Su mirada se agudizó.

–Crawford. Piernas largas. Rubia. Vive en el 721 de Park Avenue.

–Sí.

Anotó otra cosa en la libreta y después alzó la vista.

–¿Y por que ha tocado esto?

–Estaba en mi despacho un poco después de que la recibiera.

–¿Motivo personal o negocios?

–Ambas cosas.

–¿Puede tener algo personal contra usted?

–No que yo sepa.

–¿Y con la muerta, Marie Endicott? ¿Había algo entre ellas?

–No creo ni que se conocieran.

–¿Y al amante de Endicott? ¿Crawford lo conocía?

–¿Marie tenía un amante?

–Tenía una aventura, y se sospecha que era con

alguien del edificio. Pero Trent Tanford ha sido descartado como sospechoso a pesar de las fotos de los dos que salieron en los periódicos antes de la muerte de Endicott —golpeó la mesa con el bolígrafo—. ¿Podría haber sido el amante de Endicott alguien en quien Crawford estuviera interesada o que pensara que lo había visto primero?

A Alex no le gustó el giro que tomaba la conversación. Sintió la necesidad de proteger a Amanda.

—No. Amanda es relativamente nueva en el edificio. Estaba con otra persona antes de mudarse allí: Curtis Wilks.

McGray anotó algo y después entornó los ojos.

—Usted pasa mucho tiempo en el 721. ¿Veía a Endicott?

Alex se enderezó en la silla bruscamente.

—¿Me está acusando de algo?

—No —se pasó una mano por el rostro—. Y no hace falta que se ponga en plan abogado. Sólo hago preguntas. La maldita investigación no llega a ningún sitio.

—Ya me ha preguntado antes y le había dicho que tengo amigas en el 721. No estaba relacionado con Marie Endicott. He oído que se cayó o la empujaron desde el tejado, ¿es cierto?

—Sí.

—Quizá debería echar un vistazo al vídeo de seguridad.

—El vídeo del tejado ha desaparecido y el registro de visitantes de la noche está vacío. Harper, no creo que su caso esté relacionado, pero podría ser. Ha habido otros intentos de extorsión recientemente en el 721, así que me voy a quedar con esto y a poner a nuestra gente, nuestro equipo, a comparar la letra y el papel con los otros. Hasta que podamos descartar una conexión, asumiré que hay una.

Se había enterado de que a Julia la habían amenazado con hacer público su embarazo, pero no sabía que había habido más incidentes. ¿Eso ponía en peligro a Amanda? Tenía que advertirla.

—¿Quién más ha sido amenazado?

—No se lo puedo decir —se puso en pie dando por concluida la entrevista.

Claro que no podía comentar una investigación en curso, pero tenía que intentarlo. Había aprendido más del detective ese día de lo que sabía. Se puso en pie.

—Necesito una respuesta rápida. ¿Puede sacar las huellas o hacer un análisis de ADN de la saliva del sobre?

—Esto no es una serie de la tele —hizo un gesto de disgusto—. En la vida real no se resuelven los casos en una hora.

—Sí, tienen poco personal y mucho trabajo, pero Zack…

—No está tratando con un ciudadano íntegro, Harper —golpeó la carta con los nudillos—. No espere de él o ella que siga las normas. Mi consejo es que le diga la verdad a su hijo antes de que lo haga otro. Lo niños son elásticos. Rebotan. Lo superará.

–Ésa no es una opción –porque, en contra de lo que había dicho Amanda, los padres de Zack no habían estado ahí para lo que los necesitara.

Su madre lo había vendido y su padre, como un crío, había tomado el camino fácil.

Y ése era un error que él jamás podría perdonarse. Y después de casi dieciocho años de engaño, Zack no le perdonaría. Sus vínculos saltarían por los aires.

Y Alex no deseaba que eso ocurriera.

Amanda tenía buen aspecto al lado de Alex en el Club Metropolitan y ella lo sabía. Pero saber que hacían buena pareja, con él tan moreno y ella tan rubia y los dos altos, no reducía la tensión entre ambos, una tensión que no existía antes de que recibiera la carta de chantaje dos días antes.

La estatura de Alex y su esmoquin a medida la hacían sentirse delicada y femenina, algo que no solía experimentar con su estatura y la que le añadían los tacones. Pero hacía tiempo que se había dado cuenta de que los zapatos que le gustaban eran los de tacón y no podía evitar ser alta.

La mano de Alex en su cintura le garantizaba su aceptación en aquel salón de estilo renacimiento, lleno de ricos entre los ricos. Sólo cuatrocientas personas de la elite de la ciudad habían sido invitadas a ese evento de mil dólares la entrada.

Alex le había presentado a varios potenciales

clientes y se las había arreglado para hablar de Affairs by Amanda varias veces sin que resultara demasiado evidente. A cambio, ella había hecho algunos contactos para él. Sus padres eran buenos para algunas cosas... aunque nunca habían hablado bien a sus amigos de su negocio. Más bien todo lo contrario.

Alex y ella hacían un buen equipo, aunque mejor no insistir en eso dado lo temporal de su relación.

Alex se hizo con un par de copas de champán de la bandeja de un camarero y le ofreció una. Se acercó y sus labios le rozaron la oreja haciendo que casi derramara el dorado líquido. La frialdad que había entre ellos no había reducido su capacidad para excitarla.

−¿Te he dicho que estás impresionante?

Una oleada de calor la recorrió. Calor que trató de reducir porque no pudo evitar ese proyectil emocional. Y la única forma de reducirlo era no ir hacia algo más profundo con él.

−Una o dos veces, pero muchas gracias, es algo que jamás me canso de oír −no era algo que escuchara con mucha frecuencia de sus hipercríticos padres.

Alisándose el vestido rojo con una mano, miró a la gente para no mirarlo a los ojos y revelar así lo mucho que sus palabras significaban para ella. Se lo había comprado en una tienda de segunda mano. Aún tenía las etiquetas porque no se había estrenado. Le quedaba tan perfectamente que parecía diseñado a medida, pero su madre se habría desmayado de pensar que su hija llevaba algo desechado por alguien.

Dominique Crawford siempre le ofrecía ropa gratis, oferta que ella casi siempre rechazaba por que no era algo que surgiera del amor maternal. No, Dominique quería vestir a su hija por dos razones: la primera, porque era publicidad gratis de sus diseños, y la segunda, porque, hasta que había oído lo de Alex, había pensado que tenía un gusto horrible, no sólo con los hombres, y no le importaba decirlo.

Las frecuentes llamadas de su madre los últimos cinco días demostraban lo que aprobaba a Alex. Y se le acababan las excusas para posponer la cena.

—¡Que empiece el espectáculo! —murmuró Alex entre dientes.

Amanda sonrió y se volvió a ver quién se acercaba. Sus padres iban directos hacia ellos a toda velocidad. Su buen humor se evaporó, sintió pánico. Miró hacia la salida, pero el camino estaba ocupado por ricos invitados. Demasiado tarde para escapar.

Su madre, con su mejor sonrisa de fotografía, se acercó con los brazos extendidos y dio dos besos al aire cerca de las mejillas de Amanda.

—Amanda, cariño, no me habías dicho que vendrías esta noche.

Un descuido deliberado. De otro modo, había sabido que su madre se las habría arreglado para conseguir milagrosamente una entrada para el evento a pesar de que estaba todo vendido. Pero parecía que tenía otras fuentes, porque no era una de sus obras benéficas habituales. Sólo podía estar allí para vigilarla.

–Hola, mamá. Papá –y como no podía evitar las presentaciones, respiró hondo para prepararse para el desastre–. ¿Puedo presentaros a Alex Harper? Alex, mis padres, Dominique y Theodore Crawford.

Ambos eran bien conocidos, su madre como alguien de renombre internacional en la industria de la moda y, su padre, como un director general de Wall Street.

La mano que Alex tenía en su cintura la apretó un poco más. Las yemas de sus dedos se deslizaron bajo la tela de la espalda del vestido.

–Me alegro de conocerlos, señor y señora Crawford.

–Dominique, por favor –dijo ella tendiendo una mano a Alex–. Quizá ahora podamos poner una fecha a la cena. Con Amanda ha sido imposible acordar un día.

Alex miró a Amanda con gesto interrogativo. No le sorprendió, no había mencionado la invitación de su madre. Otra omisión deliberada.

–Ambos hemos estado muy ocupados. Llame a mi oficina y veremos qué puede hacer mi asistente para arreglarlo.

Sorprendida porque la hubiera respaldado, lo miró con una sonrisa.

Su madre pareció manejar bien la evasiva, pero cuando se volvió con mirada crítica hacia Amanda, la sonrisa de ésta desapareció.

–Cariño, ese vestido…

–¿No está impresionante? –Alex la besó en la sien y la abrazó con más fuerza–. Es la mujer más bella de la fiesta.

–Bueno, yo no habría dicho eso –dijo su madre arqueando una ceja.

–Yo sí –afirmó con firmeza y decisión en tono de «no discutas conmigo» combinado con una mirada penetrante que tenía que hacer milagros en un testigo ante un jurado–. Tiene una hija hermosa, inteligente y con mucho talento. Felicidades.

Amanda lo habría besado, pero eso definitivamente habría dado una idea equivocada a sus padres.

–¿Y qué habéis estado haciendo para estar tan ocupados además de ir a Greenwich? –preguntó su madre.

No había un gramo de sutileza en su madre. Dominique siempre lo intentaba, se entrometía, presionaba.

–Amanda está organizando un par de eventos para mí. Está haciendo un gran trabajo –le acarició la espalda haciendo que se estremeciera.

Sentirse excitada delante de sus padres era, definitivamente, un territorio nuevo y un poco incómodo.

Su madre entornó los ojos contemplando la postura protectora de Alex. Sería un infierno tener que pagar por eso más adelante. Una vez que se separaran su madre querría saber cómo había dejado escapar semejante buen partido.

Dominique se volvió hacia su marido.

–¿Sabías que están ahí los Vandercroft? Deberíamos saludarlos. Me alegro de conocerte, Alex. A ver si arreglamos lo de la cena.

Un momento después se alejaron pavoneándose tomados del brazo. La tensión de Amanda se evaporó.

Alex la había apoyado, algo que ningún tipo había hecho antes por ella. Al segundo sintió que el suelo se movía bajo sus pies y supo que estaba loca por él. Mujeriego. Millonario. Rompecorazones.

La besó, breve pero firmemente, en la boca sin importarle quién los viera y, por una vez, le dio lo mismo lo que pensasen sus padres.

–Salgamos de aquí –dijo él, y Amanda sintió la vibración de su voz en todos sus nervios.

–¿Y qué pasa con el trabajo? No te he presentado aún al alcalde.

–Invítalo a mi fiesta. Lo conoceré allí.

Su corazón se hundió en una espiral de deseo. Aquello iba a doler. Pero sobreviviría, lo mismo que había sobrevivido a todos los demás.

–Tú primero.

Tenía que estar loco para dejar la gala antes de aprovechar para hacer todos los contactos que quería y para lo que había pagado todo ese dinero.

Pero había perdido todo el entusiasmo por hacer contactos cuando la excitación en los ojos de Amanda se había tornado en ansiedad. Claro que seguía con la sonrisa en los labios, pero era fingida y ansiaba poder convertirla en una auténtica.

No necesitaba más drama en su vida. Tenía bastante con la amenaza que pendía sobre Zack. La madre de Amanda era una reina del drama. Una mala pécora. Se había dado cuenta de inmediato porque lo veía con frecuencia en el trabajo. Las peleas por dinero sacaban lo peor de la gente.

Si sus padres eran así, era normal que Amanda no quisiera que estuvieran al tanto de sus problemas económicos. Comparada con sus padres, que siempre habían puesto en primer lugar a su hijo a costa de un gran sacrificio personal, la manifiesta falta de respeto y criticismo de Dominique Crawford era difícil de digerir. Alex relajó los tensos músculos. Había estado enfadado por la conducta de Amanda.

–Echaba de menos abrazarte, Amanda –le pasó un dedo por la columna vertebral y disfrutó de su estremecimiento y del rubor que volvía a sus pálidas mejillas.

–¿De verdad no te importa que nos vayamos tan pronto?

El deseo que vio en la mirada de ella hizo que le faltara el aire.

–Prefiero estar en tu cama saboreándote que bebiendo champán barato.

Los labios de ella se separaron y la rosada lengua apareció un instante para humedecerlos. La necesidad de saborearla lo asaltó con fuerza. Pero las expresiones públicas de afecto no eran apropiadas en ese lugar y ya se le había escapado una. Amanda tenía la mala costumbre de hacerle saltarse los límites que ponía en torno a sus sentimientos. Un hombre sabio habría soltado amarras y seguido su camino. Pero la recompensa de tenerla a su lado hacía que valiera la pena correr el riesgo de volver a resbalar. Le había presentado a un par de personas que podrían ser lucrativas si prosperaban. Y lo harían. Los negocios siempre eran lo primero.

Enlazó los dedos con los de ella y se dirigieron a la salida. Se le hizo eterno el tiempo que pasaron esperando para recuperar sus abrigos. Pero finalmente pudo abrazarla fuera, en la columnata de hierro forjado que los protegía de los paparazzi y de los invitados. La abrazó y la besó en los labios. Amanda se abrió a él al instante y le devolvió el beso sin tratar de ocultar su deseo o moderar su ansia. Sabía a champán y a su adictivo sabor de siempre.

La rodeó por la cintura y la atrajo hacia él. Le gustaba que no fingiera. Lo que quería lo tomaba sin disculparse, pero también sin el egoísmo que había encontrado en otras mujeres. Ella devolvía el placer que recibía multiplicado por diez. Y eso lo ponía tan caliente que necesitaba despojarse del abrigo y apoyarse contra la helada pared antes de arder espontáneamente. Consideró arrastrarla las diez manzanas que los separaban del apartamento de ella.

En lugar de eso, se separó y respiró para aclarar las ideas.

—En tu casa. Ahora.

El estremecimiento de ella le llegó a la médula. Giró sobre sí misma, se alejó de él y salió por la puerta en dirección a la calle.

¿Qué ocurría? ¿La había ofendido?

—¡Taxi! —grito ella y él sonrió.

Definitivamente, Amanda no engañaba. Era audaz y directa, algunas veces demasiado directa, como cuando le había dicho que se fuera a molestar a otra. Pero su resistencia sólo había incrementado su determinación de tenerla. Había valido la pena la batalla.

Un taxi se detuvo delante de ellos. Alex abrió la puerta y la siguió al interior. Dio la dirección de ella al conductor. Y después, porque no se podía resistir a la privacidad del coche, la sentó en su regazo. Las sucesivas capas de ropa de los dos no consiguieron obstaculizar la presión de sus nalgas contra su creciente erección... sobre todo cuando ella lo miró a los ojos y se movió deliberadamente despacio para ponerse más cómoda en su regazo. Alex ardía de deseo.

Amanda se desabrochó el abrigo y ese sencillo gesto le pareció endemoniadamente erótico. Al separarse la tela dejó ver la abertura de la falda. Una abertura que lo había vuelto loco toda la tarde con cada paso que daba.

Sin dejar de mirar el retrovisor para asegurarse de que el taxista no miraba, le pasó la mano por una rodilla. La respiración de Amanda se entrecortó de un modo audible. Siguió un poco más arriba por el muslo, preguntándose hasta dónde sería capaz de llegar. Hasta dónde le dejaría ella llegar.

El hecho de que no estuvieran solos lo excitaba aún más... No era algo que hubiera experimentado antes. No era alguien a quien gustasen las exhibiciones públicas de afecto. Pero Amanda, el deseo de su boca y sentir su piel lo estaban corrompiendo. Esperar cinco minutos más para tenerla le parecía imposible.

Sus manos subían por la pierna y la respiración de ella se aceleraba, lo mismo que la suya, hasta que estuvo a pocos centímetros de las bragas, de ese tatuaje tan sexy. Entonces inclinó la cabeza y enterró la boca en su cuello. Inhaló su aroma profundamente. No era colonia. Era pura Amanda. Besó la suave piel y notó con la lengua el acelerado pulso que latía bajo su mandíbula. Las cortas uñas de ella se clavaron en su muslo y gimió ligeramente.

El pulgar de él se deslizó bajo la seda, alcanzó la zona donde debería haber estado el borde elástico de la braga y... sólo encontró piel y rizos. El deseo que sentía por ella explotó en su bajo vientre y le recorrió pesadamente las venas.

Los ojos llenos de pasión de Amanda le transmitieron su deseo en la oscuridad del taxi. El vehículo giró bruscamente, sacudiéndolo y llevando su dedo a los empapados pliegues. Su autocontrol perdió el camino como un tren descarrilado. Se deslizó más dentro de aquella suavidad.

–Diez cincuenta –dijo el taxista haciendo volver a Alex de la fantasía a la realidad.

A regañadientes, sacó lentamente la mano y dejó que Amanda se bajara de su regazo, lo que hizo con atroz lentitud. Buscó la cartera, entregó un billete de veinte al taxista y salió del coche tras ella sin esperar el cambio. Ella se arrebujó en el abrigo y empujó las puertas de cristal y caoba del 721. La siguió despacio, intentando recuperar el control, asombrado de lo cerca que había estado de perderlo. En un taxi. Esa aventura tenía que terminar antes de que se volviera loco. Pero no esa noche.

El portero los saludó. Pero Alex no quería perder tiempo en el vestíbulo. Hizo un gesto con la cabeza en su dirección, pasó un brazo por la espalda de Amanda y se apresuró hacia el ascensor.

En la cabina, la llevó hasta la pared, deslizó la rodilla entre las de ella y la sujetó con el pecho. Consciente de que podía haber cámaras de seguridad y un tipo mirándolas abajo, se contuvo.

–No llevas bragas –susurró.

Ella sonrió de un modo seductor.

–No, no las llevo.

Él deslizó las manos bajo el abrigo, alrededor de la cintura y después por las nalgas, tirando de ella para que notara cómo lo afectaba. El abrigo ocultaría su acción.

–Si hubiera sabido eso en la gala, no habríamos estado ni cinco minutos.

–Oh, por favor. No nos habríamos ido sin que conocieras a los diez primeros de tu lista.

—¿Por qué dices eso?

—Porque te he visto en todas las fiestas a las que hemos ido desde que nos conocemos. Siempre tienes una agenda. Puedo verte tachando mentalmente la lista. Y entonces, cuando la has terminado, me buscas. La única razón por la que estabas deseando irte esta noche ha sido porque ya habías cumplido con tu lista antes de que llegaran mis padres.

Había dado en el clavo. Lo conocía demasiado bien.

—¿Me has estado observando?

Lo miró fijamente a los ojos, pero sus mejillas se colorearon y después parpadeó varias veces.

—Sabes que sí. Y también sabes que no llevar bragas no tiene nada que ver contigo y todo que ver con el corte del vestido.

—No te creo.

Se abrieron las puertas del ascensor. Se irguió y la soltó, dejándola salir delante. Amanda lo miró por encima del hombro y metió la llave en la cerradura.

—Cree lo que quieras. Yo conozco la verdad.

—La verdad es que me deseas tanto como yo a ti.

—Sí —su sonrisa se ensombreció.

Se giró para abrir la puerta y entró en la casa. Cuando volvió a mirarlo, la preocupación había desaparecido de sus ojos y la broma había vuelto a sus labios.

—La cuestión es: ¿qué vas a hacer sobre eso, Alex?

–Esto –la levantó en sus brazos, cerró la puerta de una patada y echó a andar hacia el dormitorio.

Una vez allí, le quitó el abrigo. La prenda y el bolso quedaron en el suelo. La quería desnuda ya. Y quería estar dentro de ella. Dejó caer su abrigo, la chaqueta del esmoquin y empezó a quitarse la pajarita. La tela se resistía a desatarse.

Ella le apartó las manos y le desató el nudo de la cinta negra. Después miró fijamente la camisa, empezó a soltarle los botones uno a uno y después la sacó de los pantalones y de los hombros. Recorrió su pecho con las uñas cortas despertando en él una tormenta de deseo.

Cuando sus dedos se deslizaron bajo la cintura, Alex respiró hondo, le apartó las manos y se las dejó a los dos lados del cuerpo. Demasiado. Demasiado pronto. Contempló el vestido de ella, encontró la cremallera y empezó a bajarla. La prenda cayó al suelo, dejándola completamente desnuda excepto por los tacones.

Apretó los dientes para reprimir un rugido. Verla desnuda nunca fallaba a la hora de vaciarle los pulmones. Intentó respirar, recuperar el control, la razón. Amanda le hacía perder la cabeza.

Ella sonrió, sacó los pies de la ropa y se agachó para recogerla y ponerla en una silla. Estaba bromeando, reteniéndose, pero él saboreó cada movimiento de sus caderas, y habría apostado a que se balanceaba de un modo exagerado porque sabía que tenía la vista clavada en la increíble visión de sus nalgas. Amanda era alta y delgada, pero con curvas donde tenía que haberlas. Tenía un trasero para llevar un tanga… o nada.

Y entonces ella se dio la vuelta, despacio, como una modelo. Alex se fijó en sus pechos, los pezones erguidos esperando sus manos, su boca. Su miraba rodó hasta la cintura, el tatuaje de la cadera cerca del pálido triángulo de rizos y después por las increíbles piernas. Apretó los puños para no agarrarla y lanzarla al colchón.

Contemplar su cremosa piel desde la distancia no era suficiente. Se quitó los zapatos y el resto de la ropa en tiempo récord. Cuando estaba ya desnudo, Amanda caminó hacia él con un movimiento de caderas que le hizo sacar la lengua. En los ojos de ella se venía el deseo que incrementaba exponencialmente el suyo.

¿Cómo podía reducirlo a la locura de la testosterona con tanta facilidad? Pero había tenido ese efecto sobre él desde el primer día que se habían visto. Incluso después de que ella le hubiera dicho que se perdiera. Especialmente después de que le hubiera dicho que se perdiera. Las mujeres que conocían sus ingresos no lo rechazaban. Pero desear a Amanda era más que la necesidad de tener lo que se le había negado.

Amanda levantó una mano en dirección al rostro de él. Alex la capturó y se llevó la muñeca a los labios. Iniciando una cadena de besos brazo arriba, pasó el codo, la suave piel del bíceps y se recreó en cada gemido que le arrancaba. Disfrutó de la pesada caída de sus párpados y de la calidez de la piel bajo sus besos. Gozó de su sabor en la lengua.

Amanda le rodeó el cuello con un brazo del mismo modo que había hecho esa noche en la pista de baile, sólo que ya no había vestido ni esmoquin.

Sus cuerpos se rozaban. Su sexo erecto rozaba el vientre de ella haciendo que un megavatio de energía recorriera su organismo. Amanda se frotó contra él, como si una música de baile sonara en su cabeza. Él apenas podía respirar, pensar, mantenerse de pie.

Cuando ella alzó las caderas, Alex no rechazó la invitación. Su boca era suave, su lengua salvaje. El voraz beso acabó con lo que le quedaba de autocontrol. La levantó en brazos y la dejó en la cama cubriéndola después con su cuerpo, hundiéndose en ella.

Maldición. ¿Cómo podía olvidársele la más básica de las reglas? Se salió de ella.

—El condón.

Amanda se retorció debajo de él y abrió un joyerito de madera tallada que había en la mesilla, de donde sacó una caja de preservativos.

Le puso la palma de la mano en el pecho para empujarlo hacia atrás hasta que él estuvo de rodillas y entonces lo besó en las caderas mientras le colocaba el preservativo. Su lengua dibujó un sendero de fuego en su piel haciendo que se tensaran sus abdominales mientras sus manos deslizaban el látex sobre su rígido sexo.

Se volvió a echar y abrió los brazos dedicándole esa sonrisa que hacía que le saliera vapor por los poros. Le encantó que hubiera convertido en un juego sexual lo que había sido un estúpido error. Pero así era Amanda. Tenía la capacidad de hacer de cualquier cosa inesperada algo que lo tuviera en ascuas. Un hombre podría acostumbrarse a algo así. Si se lo permitía.

Pero él no lo haría. No podía.

Se inclinó y la besó con fuerza en la boca, pero después bajó el ritmo y siguió por el cuello, los hombros, un pezón, después el otro. Ella se retorcía debajo de él mientras recorría el camino hacia el abdomen, pasaba del ombligo y llegaba a la suave piel que cubrían los rizos. Rodeó su capullo con los labios y lo acarició con la lengua. Notó al mismo tiempo su sabor y el gemido que se escapó de sus labios.

Alternó las caricias con la lengua, los labios y los suaves mordiscos hasta que ella se arqueó doblando las rodillas, la señal que esperaba y que le decía que estaba a punto de llegar a la cima. La soltó y se incorporó para poder hundirse profundamente dentro de ella. Suave, caliente, empapada, lo envolvió. Se retiró, volvió, se retiró otra vez y entonces volvió a entrar y la acarició.

La liberación le llegó en forma de contracciones de músculos que se cerraban sobre él y de gritos de placer que llegaban a sus oídos. Se esforzó para que aquello se prolongara. Empezó a sudar mientras la llevaba a un segundo y tercer orgasmo. Empezó a temblar por el esfuerzo de contención y entonces sus compuertas se abrieron. Unos ojos grises sostuvieron su mirada mientras una mano se colgaba de su nuca. Lo besó en la boca y le mordió el labio inferior venciendo su resistencia, haciendo que se entregara a la corriente de placer que sentía.

El orgasmo lo golpeó con una oleada cegadora de sensaciones. Cuando finalmente terminó, cayó sobre los codos. Exhausto. Saciado.

En los labios de ella brilló una sonrisa de satisfacción y algo se soltó en su pecho. En ese momento se dio cuenta: iba a ser muy duro separarse de Amanda.

Capítulo Ocho

Con el corazón desbocado, Amanda metió su PDA en el maletín el lunes por la mañana, miró el calendario y volvió a contar por tercera vez. Pero la moderna tecnología no fallaba. Los números no cambiaban en el papel: se le retrasaba el período.

No lo bastante aún como para sentir pánico. Se daría otro par de días. Y, después, el pánico.

«Pero si nunca se te retrasa».

Respiró hondo para calmarse y se recordó que siempre había una primera vez para todo. Y un retraso no tenía que significar nada. Estaba sometida a mucho estrés. Y el estrés alteraba los relojes biológicos, ¿no?

Pero, ¿y si no era el estrés?, insistía una voz en su cabeza. ¿Cómo podía haber cometido un desliz semejante? ¿Cuándo no habían usado protección Alex y ella? Rebuscó en los recuerdos de sus tórridos, rápidos o lentos encuentros y…

La primera vez. Esa primera vez en su dormitorio no habían usado preservativo.

Se le hizo un nudo en el estómago y se apoyó en la encimera de la cocina. ¿Cómo podía haber sido tan estúpida? ¿Y cómo podía no haber pensado ni una sola vez en ese día dos semanas atrás?

Nunca había sido descuidada con la anticoncepción y el sexo seguro. Jamás.

Se apretó el vientre y trató de respirar hondo.

No podía permitirse tener un niño. Apenas podía mantenerse ella, y hasta que su situación económica no se estabilizara…

Se abrió la puerta del cuarto de baño interrumpiendo su reflexión. Bajó las manos rápidamente. A una nube de vapor siguió la figura de Alex con una toalla en la cintura. Su pulso volvió a dispararse.

Daba lo mismo lo fuerte que fueran sus reservas. Después de la noche del viernes en su casa habían pasado todo el fin de semana juntos en Greenwich. Cuando habían conseguido salir de la cama, la había llevado a Round Hill, un mirador desde el que había una hermosa panorámica de Manhattan. Habían paseado tomados de la mano por la exclusiva avenida Greenwich mirando escaparates y comentando las diferentes posibilidades que había para la fiesta de Zack. La casa de los Harper seguía siendo una opción, pero Amanda pensaba en algo más especial para el gran día.

Alex no se había marchado después de acompañarla a su apartamento la noche anterior. No era capaz de cansarse de su compañía. Le costaba admitirlo, pero la tenía en sus manos. Lo que Alex quería, lo conseguía.

Abrió la boca para dar la mala noticia, pero después la cerró. ¿Por qué echar a perder ese día por una posibilidad? Ya se preocupaba ella por los dos. Primero se haría una prueba de embarazo. Y después se lo diría, si había algo que decir. Podía no haberlo.

Alex se acercó a ella.

–Estaré todo el día liado en los juzgados y después ceno con un cliente.

–Vale. Tengo varias reuniones hoy y llegaré tarde a casa –se alegró de oírse hablar sin pánico.

–Entonces, me iré esta noche a Greenwich –le acarició el borde de la mandíbula–, a menos que quieras darme una llave.

–No –dijo dando un paso atrás por la conmoción.

Eso no había sonado bien. Prácticamente le había gritado y, por la tensión en sus labios, era evidente que él lo había notado. No podía volver a cometer en mismo error de confiar demasiado como con Curtis y Douglas. Ambos le habían costado su amor propio y su dinero. No creía que pudiera volver a confiar en un hombre lo bastante como para darle acceso libre a su casa y a su corazón.

–Lo siento, Alex. No quiero seguir por ese camino. Esto es algo temporal, ¿recuerdas?

Él no la corrigió.

«¿Querías que lo hiciera?

No.

Quizá».

Después de un tenso silencio, él asintió. Aunque no se había movido se había alejado tanto como si se hubiera marchado al otro extremo de la sala.

–Te llamo por la mañana.

–Las máscaras deberían llegar mañana. Pasaré para que les des tu aprobación, pero primero les echaré un vistazo con Moira.

–Eso valdrá –la recorrió con la mirada y se fijó en el suéter y la minifalda negra, las medias y las botas. Con sólo esa mirada hizo que se le acelerara el pulso–. Pareces lista para salir por la puerta. Cerraré cuando me vaya.

–Gracias.

Demasiado formal. Hablaban como conocidos más que como una pareja que habían estado enredados como serpientes menos de una hora antes.

Pero Alex se había retraído después de hacer el amor la noche anterior. Había esperado que diera una excusa y se marchara, pero no lo había hecho. Por la mañana habían vuelto a hacerlo y después había aparecido la misma distancia tras satisfacerla tantas veces que apenas la sostenían las piernas. No se había duchado con ella… por primera vez desde que estaban juntos.

¿Qué significaba eso?

Seguramente tenía la cabeza en su trabajo. Había comentado que tenía el juicio de un caso complicado esa semana. O a sólo cinco días de la fiesta, quizá estuviera priorizando su lista de contactos. Porque, aunque era una celebración de la empresa, había invitado a algunos influyentes extraños.

Fuera cual fuera la causa de su tensión, ella no iba a incrementarla contándole sus temores. Pasaría por una farmacia y compraría una prueba de embarazo. Podía hacérsela esa noche… o al día siguiente… o quizá podría esperar unos días más para comprarla. Seguramente estaba corriendo demasiado. ¿Por qué gastarse el dinero tan pronto?

«Cobarde».

Alex dio un paso hacia ella. Ella le puso una mano en el pecho y su calor le subió por el brazo hasta el corazón. Estaba demasiado alterada para que le diera otro de esos besos que la derretían por completo.

–No podemos entretenernos si no queremos llegar tarde.

No tenía ni idea de cómo reaccionaría Alex ante la situación. Si había una situación. ¿Querría el niño? ¿La presionaría para que lo tuviera si ella no quería? ¿Querría ella tenerlo aunque fuera un completo desastre para su vida en ese momento?

«¿Querrán tus padres a un nieto ilegítimo? No».

Esa respuesta estaba clara. Así que no sólo tenía que averiguar si estaba embarazada, además tenía que decidir si iba a compartir los resultados del análisis con Alex. No hacerlo parecía turbio. Pero decírselo conociendo su capacidad para convencerla de casi cualquier cosa…

Alex la tomó de las manos y después se las llevó a los labios. Le dio un suave mordisco en la base del pulgar. Maldito, sabía que eso hacía que se le doblasen las rodillas.

El corazón empezó a latirle desbocado. Se soltó la mano de un tirón.

–Bueno, que pases un buen día. Mañana nos vemos.

Agarró el abrigo y el maletín y abrió la puerta. Había decisiones que no podía tomar en ese momento. Después, cuando se enfrentara a hechos más que a temores, sería más madura. Pero, en ese momento, se sentía más una histérica de dieciocho años que una mujer de veintiocho.

–Moira ha tenido que salir un momento –le dijo a Amanda la recepcionista de Harper y Asociados–. Si quiere, puede pasar a la sala de espera privada del señor Harper.

Haberse convertido en una asidua de Harper y Asociados tenía sus ventajas. Podía entrar en algunos lugares sin acompañante.

–Gracias, eso haré –entró en la ya familiar sala, se quitó el abrigo, lo colgó en el armario de Moira y se sentó en una silla.

Pero estaba demasiado nerviosa para estar sentada.

Se acercó a una ventana. La preocupación la tenía con un nudo en el estómago desde su descubrimiento del día anterior por la mañana. Había reunido el coraje para comprar la prueba de embarazo, pero no para usarla, y la había escondido en el armario del baño. Odiaba ser tan cobarde, pero pensaba que un par de días de retraso no cambiaría el resultado.

Mirando un helicóptero turístico en la distancia, trató de dejar a un lado sus preocupaciones personales y concentrarse en el trabajo: la única parte de su vida que estaba bajo control gracias al préstamo de Alex. Había llevado una muestras para que Alex las aprobara. Era sólo una formalidad. Sus proveedores solían hacer un trabajo de primera.

La puerta del despacho de Alex se abrió y la anticipación de verlo corrió por sus venas como metal fundido. Realmente tenía que conseguir poner alguna distancia emocional entre ellos, pero su corazón no recibía el mensaje.

Una esbelta pelirroja, vestida con ropa cara, salió por la puerta del despacho de Alex, se detuvo y volvió a entrar.

—Me alegro de que me llamaras, Alex. Y de verte, te he echado de menos.

Tenía una voz sensual y su tono era demasiado íntimo para ser una cliente.

Amanda sintió una punzada en la nuca.

—Mantenlo entre nosotros —dijo Alex con su voz de barítono mientras salía a la sala de espera. No miró en dirección a Amanda.

—Sabes que lo haré. Por ti, haría cualquier cosa.

Amanda se puso rígida al notar cómo había remarcado la palabra «cualquier». El lenguaje corporal de esa mujer decía que no se refería a llevarle un caldito cuando estuviera resfriado. Los pálidos dedos con uñas rojas le acariciaron la solapa negra y después le ajustaron la corbata de color rubí. Y él lo permitió. Ese hombre al que no le gustaban las expresiones públicas de cariño, aunque fueran en su despacho.

–No quiero que esto salga de aquí –dijo él.

–Yo tampoco.

La visitante se puso de puntillas y le dio un beso en la comisura de los labios. Se demoró demasiado para la paz mental de Amanda, con lo que su preocupación se convirtió en algo peor y más incómodo. Algo que le hizo necesitar una copa o tres.

¿Celosa? ¿Tenía celos de esa mujer? No podía ser. Esa emoción implicaba profundos sentimientos… la clase de sentimientos que llevaban a querer algo… permanente. Y doloroso.

No estaba preparada para algo así y seguramente no lo estaría jamás.

Miró detenidamente a Alex y a la mujer. Su familiaridad implicaba que había algo entre ellos, pero ¿qué? ¿Una relación en curso? ¿Una historia? Fuera lo que fuera, aquella mujer quería más. Quería a Alex. El deseo era evidente en cada línea de su seductor cuerpo.

¿Había decidido Alex dar un paso adelante cuando el día anterior le había negado la llave de su casa? Por lo que sabía, debía de tener una colección de llaves de casas de mujeres. Le había pedido las suyas con bastante facilidad. ¿Y no le había advertido Julia sobre su reputación? Ésa era una de las principales razones por las que ella lo había evitado tanto tiempo.

–Sobre lo de esta noche… –ronroneó la pelirroja.

Amanda sintió una punzada de dolor en el pecho. Gimió. Alex le había dicho que tenía una cena de negocios esa noche. ¿Había mentido?

Se sentía utilizada, descartada, herida. Traicionada. Tenía una cita esa noche y le había mentido. Tratando de mantener la compostura y agarrándose desesperadamente a su orgullo, cuadró los hombros y dijo:

—Estoy aquí. Teníamos una cita.

—Chelsea, ya conoces la salida —dijo él sin dejar de mirar a Amanda.

Amanda anotó mentalmente que no la presentaba. ¿Quién era esa mujer que Alex no quería que conociera?

—Claro, como vengo con tanta frecuencia… —volvió al tono de coqueteo.

El comentario volvió a dar en la diana. Amanda trató de contener el dolor, pero no podía evitar preguntarse si se habría quedado embarazada de un mujeriego infiel. Y si era así, ¿entonces qué?

La mujer se marchó, pero el dolor en el corazón y el nudo en el estómago de Amanda se intensificaban cada segundo que pasaba.

Sólo había una explicación posible para esa sensación: se había enamorado de Alex. Y para empeorar las cosas, podía estar embarazada. A sus padres les iba a encantar.

—Me alegro de que hayas venido, Amanda. Vamos, pasa.

Las palabras de Alex le hicieron dar un brinco. ¿Cómo iba a hablarle del posible embarazo en esas circunstancias? No podía. Ese día no. Quizá nunca. ¿Habría alguna vez algo que decir? Rezó para que no. Su hijo, si había alguno, se merecía algo mejor que un tipo que hacía juegos malabares con las mujeres.

«Concéntrate en el trabajo, Amanda».

Agarró el maletín y entró en el santuario. El despacho olía a él y ella. Aún persistía el aroma de la pesada colonia de la mujer. La esquina de la mesa donde ellos dos casi habían hecho el amor atrajo su mirada como un imán. ¿Habrían Alex y la pelirroja…?

«Jamás hagas una pregunta de la que no quieres conocer la respuesta.»

Intentó concentrarse en el trabajo. Abrió los cierres del maletín con cuidado y sacó un muestrario de máscaras. No se le ocurría nada que decir. Buscó en su cabeza la razón de su visita y finalmente consiguió ordenar sus pensamientos.

–Mira estas muestras. Si no te gustan, podemos pedir otras esta tarde a eso de las cinco y conseguir que estén para la fiesta del sábado.

–Amanda –la agarró de los hombros y ella dio un salto hacia atrás.

–No.

–¿Qué pasa? –la miró a los ojos.

–Cuando estoy en una relación íntima soy exclusiva. Por razones de salud no quiero compartir.

–¿Qué estás sugiriendo? –la miró con los ojos entornados.

–Tienes una marca de su lápiz de labios.

Alex sacó un pañuelo del bolsillo y se limpió la mancha. Después miró el pañuelo.

–Chelsea y yo no estamos juntos.

–No te creo.

–No voy a perder el tiempo tratando de convencerte.

–¿Quién es ella?

Alex pareció sopesar su respuesta con cuidado.

–Alguien a quien conocí hace años. Estuvimos liados, pero ya no lo estamos.

–No por elección de ella.

–Chelsea siempre quiere lo que no puede tener.

Y Chelsea quería a Alex. Su cuerpo y sus gestos lo hacían evidente. ¿Se habría sentido tentado él? Antes no le había devuelto el beso a ella, pero tampoco se había apartado.

Amanda se encogió de hombros fingiendo desinterés.

–Da lo mismo. Pero de ahora en adelante tú y yo sólo mantendremos una relación de negocios, no me acostaré más contigo.

Porque no podía compartir a un hombre del que se había enamorado.

Amor. Reconocerlo le hizo sentir un estremecimiento. ¿Cómo había podido pasar? No quería enamorarse.

–¿Qué pasa con nuestro acuerdo?

Sintió que el miedo se le agarraba al estómago. Se arriesgó a mirarlo a los ojos.

–¿Qué acuerdo? ¿El préstamo? Me dijiste que era sin compromisos añadidos.

–Me refiero a la idea de presentarnos mutuamente gente que pudiera beneficiarnos a los dos y a que hicieras de anfitriona en mi fiesta.

¿Tenía el corazón partido en dos y a él sólo le importaba su estúpida fiesta? Le ardía la garganta y una náusea decidió hacer acto de presencia. Estaba tan cansada de ser utilizada por los hombres que había elegido mal en su vida. Tenía que trabajarse eso.

«Olvídalo. Vuelve a la norma de nada de hombres un par de décadas».

–Haré el trabajo por el que pagas, pero no más.

Alex le acarició una mejilla antes de que pudiera evitarlo. El breve contacto fue como una descarga eléctrica.

–Estamos bien juntos, Amanda.

Tenía que salir de allí antes de perderse.

–Y lo estaremos. A un nivel profesional.

No estaba dispuesta a quedarse allí esperando a que examinara las muestras, así que reculó hacia la puerta dejando allí la maleta que las contenía. No la necesitaría antes del sábado de todos modos. Sólo la llevaba cuando tenía que mover cosas pesadas.

–Échale un vistazo a las máscaras y a las demás cosas de la fiesta. Si quieres cambiar algo, que me llame Moira esta tarde a las cuatro y media. Te enviaré por fax el resto de la información entre hoy y el sábado. Tengo otra cita –«mentirosa»–. Tengo que irme.

El dolor en el rostro de Amanda destrozaba a Alex. No quería que se marchara. Aún no, así no.

Quería contarle la verdad. Toda. La constatación le hizo sentirse incómodo. No había querido jamás compartir el parentesco de Zack con nadie que no fuera su propio hijo. El riesgo de hacerle daño era demasiado elevado. Pero con la amenaza de que se hiciera pública la vida privada de la familia Harper pendiendo sobre su cabeza, prefería que Amanda lo oyera primero directamente de él.

La urgencia de compartir esa información no significaba que se estuviera enamorando. Sólo necesitaba la opinión de ella sobre cómo manejar la situación. La policía y sus padres no estaban suponiendo ninguna ayuda. Y quería que Amanda se quedara y limpiase el hedor que le había dejado la personalidad egocéntrica de Chelsea.

Amanda era abierta y sincera y, Chelsea, interesada y perversa. Amanda jamás le mentiría o le ocultaría cosas del modo que lo había hecho Chelsea dieciocho años antes, cuando sus acciones le habían robado la capacidad de tomar una decisión que había afectado al resto de su vida, al resto de la vida de Zack. No dejaría que ninguna mujer volviera a hacerle algo así.

–Quédate.

Además del sexo por encima de la escala de Richter, disfrutaba de la compañía de Amanda. ¿Demasiado? Probablemente. Pero tenía que amar… no, gustarle, se corrigió, una mujer que no sólo entendiera de fútbol, sino que también pudiera ponerse un vestido de diseño y trabajar haciendo contactos como una profesional antes de desnudarse y volverlo loco.

La novedad de su atracción mutua finalmente desaparecería, pero ya había recibido tres llamadas como consecuencia de las presentaciones de Amanda del sábado por la noche. No podía dejarla ir tan pronto.

Sacudiendo la cabeza, ella se dirigió a la puerta.

–No puedo.

–Le pediste a Moira que te reservara treinta minutos.

–Ha surgido algo –había un temblor extraño en su voz y no lo miraba a los ojos.

–¿Estás celosa de Chelsea?

Alzó la vista bruscamente y lo miró como si hubiese dicho una locura.

–¿Celosa? ¿Por qué iba a estar celosa? Lo nuestro es algo temporal, ¿recuerdas? Te he dicho desde el principio que no quería nada más de ti.

Esa afirmación debería haberlo llenado de tranquilidad, pero en lugar de eso, sus palabras lo dejaron un poco… desequilibrado. Se acercó a ella y le acarició el borde de la mandíbula. El jadeo de amanda premió sus esfuerzos. Le encantaba acariciar su piel de satén.

–Somos una combinación potente y efectiva.

–Eres un cliente –dio un paso atrás–. No debería haber dejado que esto se convirtiera en algo personal. De ahora en adelante, nos centraremos en nuestra relación profesional y así podrás volver a tus Chelseas. Era sólo cuestión de tiempo que lo hicieras.

Abrió la puerta y salió en tromba. Pero Alex no estaba preparado para que se fuera y salió tras ella.

–Alex –dijo Moira–. Bill Hines está en la línea uno.

Hines sería la más importante cuenta corporativa de Harper y Asociados, si Alex conseguía hacerle firmar. Dividido entre el trabajo y Amanda, se detuvo en la sala de espera. Siguió con la mirada a Amanda, pero el deber lo llamó y volvió a su despacho.

Los negocios primero. El éxito significaba poder. Y jamás tenía bastante de eso.

Pero, por primera vez, deseó mandar al infierno su ascenso a la cumbre.

Capítulo Nueve

Amanda miró el redondo vientre de Julia y rogó en silencio no verse igual en unos meses.

No era que tuviera nada en contra de los niños. Jamás había pensado mucho en tenerlos. La idea de casarse y tener familia había sido siempre una vaga y distante posibilidad de «algún día». Pero el presente no podía ser peor. Esperaba que aquello sólo fuera una falsa alarma. Pero en el fondo de su corazón sabía que no lo era.

Pasó de mirar el vientre de Julia a su rostro radiante. Se habían sentado en el suelo y cenaban en la mesita de café, pero la comida favorita de Amanda no la satisfacía esa noche.

¿Cómo dos inteligentes licenciadas universitarias podían terminar embarazadas por accidente? Esas cosas no pasaban en el mundo real. Bueno, sí, pero no a ella.

Necesitaba hablar con alguien. Tenía la sórdida historia completa en la punta de la lengua, pero no reunía el coraje suficiente para confesar sus angustias a Julia. Aún no.

–¿Estás bien? –le preguntó Julia.

Amanda parpadeó con aire inocente.

–¿Por qué no iba a estarlo?

–Estás muy callada. Tú no eres así.

–Estoy un poco distraída por la fiesta de Alex. Y por el retraso del período. Y por Alex. Echaba de menos tenerlo en su cama… y su cuerpo.

No era capaz de recordar algo que no hubiera podido compartir con su amiga y, cuando había ido al ático de Max y Julia para una noche de chicas y comida china, estaba decidida a comentar la situación y las diferentes opciones que tenía.

Sabía que Julia no la juzgaría porque a ella le había pasado exactamente lo mismo. El embarazo de Julia tampoco había sido planeado. Había sido el resultado de una noche de pasión con Max hacía siete meses. Ella ya había tenido que surcar las turbulentas aguas de los «y si…». Después se había casado con el padre de la criatura y no podía ser más feliz; su rostro radiante era la prueba.

Pero casarse con Alex no era una opción para ella. Estropeaba todas las relaciones, tenía muy mal juicio en el tema de los hombres. Por no mencionar que Alex no estaba interesado en el matrimonio. Y después estaban los problemas de dinero, su decisión de evitar a los adictos al trabajo como su padre y…

«No insistas en los defectos. Es difícil cuando la lista es tan larga».

Aunque sabía que Julia le ofrecería consejo, no estaba preparada para compartir su secreto. Ni siquiera quería hacerse la prueba de embarazo hasta saber cómo estaba con Alex.

¿Tomaba esa decisión por sí misma o no?

¿Era la pelirroja un factor o no lo era?

Julia se frotó el vientre.

–¿Está Alex fuera de tu cabeza y de tu cama?

Amanda dio un brinco sorprendida. Se le cayó una tajada de poyo kung pao y acabó en su regazo. Había llevado una vida tan ajetreada que no había informado a Julia de lo ocurrido las dos últimas semanas.

–Umm. Alex es Alex. Nunca va a cambiar –dijo y se limpió con una servilleta más para evitar la mirada de Julia que para arreglar una mancha que seguramente no saldría.

–Bueno, sí, pero su interés en ti ha sobrevivido más que ninguna otra relación que le haya conocido.

–Seguramente porque no he caído a sus pies –al principio. Buscó un terreno más seguro–. Las invitaciones pidiendo confirmación ya se han empezado a enviar, pero me sorprende que algunos de nuestros vecinos no hayan contestado. No sé nada de Carrie y Trent ni de Sebastian y Tessa.

–Es que están fuera del país. Carrie y Trent están en una luna de miel preboda en Caspia. No llegarán a tiempo para asistir.

Decepcionada, Amanda frunció el ceño. ¿Cómo se le podía haber pasado que los vecinos del segundo no estaban? ¿Le había llenado de humo la cabeza la aventura con Alex?

–¿Una luna de miel preboda? ¿No es algo un poco raro? Las lunas de miel son después de la boda.

–El príncipe Sebastian y su prometida, Tessa, les han regalado el viaje como regalo de bodas y Sebastián y Tessa han ido con ellos para enseñarles el país. Son vecinos generosos –el tono de la última afirmación sorprendió a Amanda.

–¿Echas de menos vivir en el 721?

–Sí y no. Te echo de menos a ti y a nuestros amigos. Y tengo a Max. Su casa no está nada mal –añadió con un guiño.

–No, nada mal –dijo Amanda recorriendo el gran salón de suelo de roble con la mirada–. Además, pronto tendrás un bebé.

–No lo bastante pronto.

El zumbido del intercomunicador las interrumpió. Julia se levantó y se acercó a pulsar el botón.

–¿Sí?

–Julia, abre –la profunda voz de Alex llenó la habitación. Amanda sintió que se le daba la vuelta el estómago–. Tengo que ver a Amanda.

Con los ojos muy abiertos y cara de pánico, Amanda negó vigorosamente con la cabeza. No estaba preparada para verlo. Los celos de esa tarde la habían desconcertado. Jamás había sentido celos antes. Además, no le gustaba nada.

–¿Por qué no? –dijo Julia moviendo los labios en silencio.

Demasiado que explicar. Volvió a sacudir la cabeza.

–¿Qué te hace pensar que está aquí? –preguntó Julia al intercomunicador.

–Me lo ha dicho Max.

Amanda hizo un gesto de dolor. Max había desaparecido para dejarlas solas, pero aquello acabó con cualquier agradecimiento que pudiera sentir por él.

–Sube –dijo Julia apretando un botón. Se volvió a Amanda–. No voy a mentirle. Es el mejor amigo de Max. ¿Quieres decirme por qué evitas a Alex? ¿O se lo pregunto a él?

Amanda se debatió treinta segundos sobre qué hacer. Julia jamás la dejaría hasta que consiguiera una confesión total.

–Nos estamos acostando. Bueno, ahora no. Y tengo un retraso. Y creo que me la está pegando con una bonita pelirroja.

Julia se la quedó mirando con la boca abierta. Se apoyó en la pared al lado de la puerta.

–¿No me lo podías haber dicho antes en vez de tanta cháchara sobre el color de la habitación?

–Debería –dijo con una sonrisa–, pero no sabía por dónde empezar. Y ahora no sé qué hacer –una llamada subrayó sus palabras.

Alex estaba allí. El deseo de huir fue como una inyección de adrenalina. Pero Julia no la iba a dejar marcharse.

Antes de abrir la puerta, su amiga la señaló con el dedo y dijo:

–No vas a salir de aquí hasta que me hayas contado hasta el último detalle. Y quiero decir todo. Me has estado ocultando algo así…

Amanda se resignó. Había algunas cosas que no se podían evitar, como ir al dentista, visitar a sus padres y un interrogatorio de su mejor amiga. Desagradable, pero soportable.

Se levantó del suelo y se limpió las manos en los muslos. Respiró hondo y se animó.

–Muy bien.

Julia asintió y abrió la puerta.

Era imposible que Amanda estuviera preparada para la mirada que le dedicó Alex. La miró fijamente y se quedó paralizada. Después la mirada se desvió a Julia para saludarla antes de volver a Amanda.

–Tenemos que hablar.

–Creo que ya nos hemos dicho todo lo que había que decir.

–Ahora, Amanda –dijo él con tono firme.

Sabía que era persistente, así que no valía la pena resistirse, pero no iba a tener esa conversación delante de Julia.

–Aquí no. Fuera.

–Espera –intervino Julia–. No os vais. Os dejaré un poco de privacidad.

Por mucho que agradeciese su apoyo, Amanda quería manejar esa situación a su manera, y eso significaba no decirle a Alex nada de su retraso. Quizá se lo diría después de la fiesta. Si aún era necesario. Pero Julia no tenía forma de saberlo y podía dejar escapar algo sin darse cuenta.

–No, vamos a salir un momento. Volveré para terminar la cena. Te lo prometo.

Aunque estaba segura de que no podría comer ni un bocado, pero había prometido darle todos los detalles y cumpliría su promesa.

Alex sujetó la puerta abierta para que pasase y después la siguió al pasillo. Se notaba la tensión entre ambos. Tensión y deseo. El suave aroma de su colonia subrayado por su propia fragancia tensó sus sentidos y la ropa le resultó pesada de pronto sobre la sensible piel. Cada vez que respiraba notaba el tejido sobre ella como una caricia.

¿Cómo podía seguir deseándolo? ¿Había perdido la cabeza? ¿No le quedaba instinto de conservación, ni orgullo? Seguro que le decía que no había nada entre la pelirroja y él, pero ella había visto la conexión.

Cruzó los brazos y se apoyó en la pared fingiendo una calma que no sentía. Si conseguía salir bien parada de esa confrontación, no tendría que verlo más excepto en la fiesta de su hermano.

Su corazón tendría tiempo de sanar. Y ella tendría tiempo para tomar decisiones.

–Alex, ¿qué puede ser tan importante para que me lo tengas que decir en persona en lugar de llamar o mandar un correo electrónico?

Alex apoyó las manos en la pared a ambos lados de su cabeza y después la besó.

¡Cómo se atrevía! Lo empujó, pero él en lugar de apartarse redujo la distancia entre los dos. El calor y el peso de su cuerpo la aplastaron contra la pared atrapando las manos entre los dos. El corazón de él latía a ritmo de rock contra las palmas de sus manos y sus caderas y sus muslos la rozaban.

Sintió que el deseo nacía dentro de ella. No era capaz de matarlo ni tampoco de detener el acelerado pulso o de mantener los labios cerrados. Sus lenguas se enredaron incrementando la excitación. Conseguía de ella una respuesta que no quería dar. El corazón latía desbocado y el calor la inundaba.

¿Cómo renunciar a algo así? Jamás había estado en una sintonía física semejante con ningún hombre. Deslizó las manos hasta los hombros y después a la nuca. La flexible piel y el suave cabello acariciaron sus dedos. Acarició su mandíbula disfrutando de la barba que asomaba.

—No puedo mandarte esto por correo electrónico —dijo él.

Antes de que pudiera recomponerse y escapar, los labios de él volvieron a su devastadora actividad. Demasiado para resistirse. Instantes después ella interrumpió el beso y quedaron apoyados frente contra frente.

—No deberíamos hacer esto.

—Puedes tratar de negar la química que hay entre nosotros, Amanda, pero no va a funcionar. Somos un equipo dinámico. En la cama y fuera de ella. No voy a dejarte. Aún no.

La razón fue abriéndose paso y puso en marcha la indignación.

—No puedes hacer que te siga viendo.

—¿Eso es un desafío?

El brillo en sus ojos hizo que la recorriera un escalofrío. Ya estaba en terreno inestable, no hacia falta aguijonearlo más.

—No es un desafío. Es la afirmación de un hecho. Una línea que, como abogado, sabes que no debes cruzar.

Se echó un poco más hacia atrás dejándole más espacio para pensar y respirar.

–¿Cuántas llamadas has recibido como resultado de la noche de la gala?

Un chico listo. Le daba en el punto débil de su argumento para dejarlo. Pero jamás había dudado de la inteligencia de Alex. Eran un buen equipo. Y no era culpa de él que sus sentimientos hubieran cruzado la frontera que habían establecido.

–Cuatro –confesó reacia.

Su mirada decía «ya te lo había dicho». Le levantó la barbilla para que lo mirara.

–Chelsea no es ningún problema.

Necesitaba creerlo casi tanto como recuperar su sentido común.

–Entonces dime qué es. Porque está claro como el cristal que te has acostado con ella.

Una sombra apareció en los ojos de Alex.

–No es una historia para contar, otras personas podrían salir heridas, pero hace más de una década que no hemos mantenido una relación íntima.

Lo miró a los ojos. ¿Estaba siendo una estúpida crédula? Seguramente. Se llamó tonta en silencio y dijo:

–Te creo.

–Entonces, seguimos siendo un equipo –afirmó Alex.

Ella inspiró con fuerza buscando una respuesta que darle y no encontrando ninguna.

–Aún somos un equipo. Por ahora.

¿Pero su secreto, su posible secreto, lo volvería en contra de ella?

–Lo he pasado fatal esta noche manteniendo las manos lejos de ti –comentó Alex detrás de ella en la opulenta suite Trianon, sorprendiéndola segundos después de haberla agarrado de la cintura.

Lo empujó hacia atrás.

Trató sin éxito de sofocar el incendio que despertó en su cuerpo. Se dio la vuelta para intentar salir de su abrazo, pero ya era demasiado tarde. El calor de su caricia la había marcado.

Con sus anchos hombros y constitución delgada, Alex estaba totalmente devorable con su esmoquin negro hecho a medida, la camisa blanca y la pajarita negra.

Había intentado que se pusiera una pajarita de color que fuera con el baile de máscaras, pero no tenía de ese color. Y sinceramente, el blanco y negro le quedaban extremadamente bien. También le recordó que mientras ella era un espíritu libre, él era esencialmente conservador y tradicional.

Salvo en la cama, pensó, pero rápidamente apartó ese pensamiento de su cabeza para evitar que creciera aún más la excitación que ya sentía.

Su tendencia conservadora era una razón más para no tener un hijo con él. Discutirían constantemente sobre cómo educarlo. Como sus padres habían discutido por ella. Al final, ella no había seguido el camino y había decepcionado a los dos.

–Alex, el vestido es precioso, gracias –pasó una mano sobre la seda de tono metálico del vestido de noche.

–De nada. Te queda muy bien –la recorrió con la mirada haciendo el mismo efecto que el aceite de masaje.

–No habría elegido uno mejor para mí si lo hubiera intentado.

Cuando el mensajero le había entregado la caja el día anterior había pensado que su madre había vuelto a las andadas y había estado a punto de rechazar el envío. Pero había abierto un poco la caja para echar un vistazo, decidida a devolver la prenda. Había sido amor a primera vista, incluso antes de ver la tarjeta de Alex dentro del embalaje.

Mientras que su madre le mandaba siempre vestidos con la pretensión de exhibir los nuevos modelos de su línea de moda, Alex había comprado un vestido que resaltaba sus mejores activos físicos. La especie de sobrepelliz que llevaba encima realzaba su más bien pequeño busto y la cintura y la falda que se ceñía en las caderas acentuaban su altura y complexión delgada. Una abertura desde el dobladillo hasta arriba del muslo hacía que sus piernas se atisbaran cuando caminaba y se vieran los tacones dorados.

–Adoro el color –casi tanto como al hombre que había comprado el vestido.

Para evitar pensar en eso, se miró de lado en el espejo que había tras la mesa de recepción. La tela era de un lavanda pálido, exactamente el color de las orquídeas que había al lado de la mesa.

—Date la vuelta.

Amanda dudó por el tono autoritario de la orden, pero después la obedeció cuando él la agarró de los hombros y trató de darle la vuelta para que mirara al espejo. Instintivamente ella se resistió, pero recordó que esa noche trabajaba para él y tenía que hacer lo que le pidiera, así que giró sobre sí misma. Él la soltó, buscó algo en un bolsillo y después le colocó una cadena de oro alrededor del cuello. Una gran amatista quedó entre sus pechos mientras el frío metal se apoyaba en su piel.

—Un complemento perfecto para el vestido —le acarició la nuca mientras cerraba la cadena.

—Alex —lo miró a través del espejo—, no deberías haber...

La besó en el cuello y ella se estremeció entera mientras se le aceleraba el pulso.

—Has trabajado duro. Te lo mereces.

Nuca había sido capaz de resistirse cuando la agarraba así. Tomó la piedra entre los dedos y se alejó de la sobredosis de sensaciones que Alex le provocaba. Se volvió a mirarlo.

—Es mi trabajo.

Sosteniéndole la mirada, le acarició una mejilla con las yemas de los dedos.

—Es más que tu trabajo. Vives la emoción de cuidar todos los detalles del mismo modo que yo vivo con emoción un caso complicado. Y eres muy buena en lo que haces, Amanda.

¿Cómo conseguía que se le hiciera un nudo en el estómago con unas pocas palabras amables y una mirada caliente? Era terrible cómo lograba excitarla.

–Gracias. Por los cumplido y por el colgante.

Ruborizada y encantada, se acercó a la mesa a por la máscara negra que le había comprado.

Tus invitados deben de estar a punto de llegar. Ponte esto.

Sus dedos se rozaron cuando Alex aceptó la máscara de su mano y un escalofrío le recorrió la espalda.

–Nuestros invitados. Esta noche vamos a volverlos locos –le pasó un dedo por la piel del brazo.

Ella se humedeció los labios y sacó su máscara blanca con lentejuelas. Había pasado toda la tarde tratando de dar los últimos toques a la fiesta, pero el trabajo duro era el que tenía por delante. Todos los detalles se habían comprobado dos veces. Eso la dejaba con nada en qué pensar que no fuera lo mucho que deseaba a ese hombre y lo complicadas que se iban a volver sus vidas si la prueba de embarazo daba el resultado equivocado.

«No pienses en eso esta noche. Eres la reina de la negación».

Se puso la máscara y contempló a Alex. La máscara acentuaba su lado pícaro. A través de las aberturas los ojos de Alex brillaban de excitación, anticipación y deseo.

Unas voces que se aproximaban la distrajeron. Alex parpadeó y al instante reapareció el rostro profesional reemplazando al de la pasión.

Reed y Elizabeth Wellington, vecinos de Amanda que vivían en uno de los áticos del 721, giraron la esquina del pasillo abrazados como si fueran recién casados. No parecieron ver a Amanda y Alex hasta que estuvieron a unos pocos metros. La pareja no había parecido ni de lejos tan feliz en su fiesta de quinto aniversario que Amanda había organizado hacía un mes en Cipriani, pero esa noche Elizabeth estaba radiante de felicidad. El embarazo realmente le sentaba bien.

–Hola, Amanda, Alex –Elizabeth besó a Amanda en las mejillas y la abrazó, después hizo lo mismo con Alex.

Amanda dio besos al aire en las mejillas de Reed y los hombres se estrecharon las manos.

–¿Qué tal Lucas?

–Es un gran chico –respondió Reed–. Ya tiene diez meses.

Además de esperar a su bebé para dentro de siete meses, la pareja estaba en proceso de adopción de un sobrino de Elizabeth que había perdido a sus padres. El proceso no había sido fácil, pero a juzgar por su expresión, los dolores de cabeza habían valido la pena.

Amanda les señaló la mesa donde estaban las máscaras.

–Nos alegramos de que hayáis podido venir. Por favor, elegid una máscara y adelante. Sois los primeros en llegar, así que tenéis la pista de baile para vosotros solos. Pedidle a la banda que toque algo de jazz lento.

Elizabeth y Reed eligieron sus máscaras y desaparecieron sonrientes en el interior de la suite.

Alex pasó un dedo por la columna vertebral de Amanda levantando una oleada de deseo. A ella le encantaba que hiciera eso.

—Podríamos bailar un poco antes de que lleguen los invitados.

Amanda lo miró a los ojos y el deseo que vio en ellos la dejó sin aliento. ¿Cómo podía mirarla así si quería a la tal Chelsea? Quizá le hubiera dicho la verdad sobre su relación con la pelirroja. Eso esperaba.

—Quizá podamos bailar después de que todos se marchen.

—No voy a esperar al final de la noche para abrazarte.

—No quiero que lo hagas —dijo con el pulso disparado.

Iba a ser un enorme choque de trenes emocional cuando decidieran poner fin a la relación. Pero una parte de ella quería saborear cada momento por si acaso. Sólo por si el desastre era total y estaba embarazada.

Ellen y Harry Harper llegaron los siguientes. Amanda sonrió. Disfrutaba de la compañía de los padres de Alex y esperaba que la noche no fuera demasiada locura y pudiera encontrar un momento para hablar con ellos. No podía evitar sentir curiosidad por el tema de Zack. Si Ellen no había tenido una aventura, ¿entonces qué valía un millón de dólares?

La mano de Alex aterrizó en la cintura de Amanda, un gesto que no pasó desapercibido a sus padres. Ellen sonrió y Harry asintió. Pero apenas pudieron saludarse antes de que llegara el siguiente grupo.

Amanda pasó las dos siguientes horas en estado de hipervigilancia como anfitriona al lado de Alex. Incluso cuando se alejaba de ella era como si un radar interno le dijera dónde estaba en cada momento. Cada vez que sus miradas se encontraban, el corazón le daba un vuelco.

–Hola, Amanda, ¿cómo va? –dijo Julia colocándose a su lado con Elizabeth Wellington.

–Estupendamente. La idea de las máscaras ha sido todo un éxito con los empleados de Alex. El factor del incógnito relaja a la gente y todo el mundo lo está pasando bien por las sonrisas que veo bajo las medias máscaras.

–Siempre organizas grandes fiestas, Amanda –dijo Elizabeth.

–Por favor, siéntete libre para gritarlo desde el tejado cuando quieras. Mejor aún, en el *Times* –hizo un guiño–. ¿Y vuestros hombres?

Julia hizo un gesto con la cabeza hacia el otro extremo de la sala. Amanda miró y vio que Max y Reed estaban con el senador Kendrick y el alcalde. La expresión de los hombres era intensa, como si estuvieran cocinando un negocio.

–Siempre es triste que un matrimonio termine –dijo Elizabeth–. He leído en la sección de sociedad del periódico que el senador y Charmaine, su mujer desde hace treinta años, se divorcian –en el tono de Elizabeth se notaba el pánico por las dificultades que habían pasado Reed y ella–. No hace mucho creía que Reed y yo pasaríamos por lo mismo.

Amanda asintió. Había notado la tensión cuando había preparado su evento.

–Me alegro de que hayáis resuelto vuestros problemas. Es deprimente cuando una relación termina. Sólo deja heridas… aunque ponerle fin sea la mejor de las opciones.

Y ella tenía su propia historia para demostrarlo.

Gage Lattimer, socio de Reed y ocupante de otro ático del 721, se unió a los hombres. Normalmente Gage era un solitario, pero esa noche Amanda lo había visto con la gente. Parecía estarlo pasando bien.

–Gage parece una mariposa social esta noche. Parece muy contento. ¿Sabes si algo o alguien le ha interesado? Sería estupendo si se emparejara.

La expresión de Julia se tornó curiosa.

–Pasó por un amargo divorcio hace años. Le llevará su tiempo dejar eso atrás. Max dice que Gage se separó de su ex con un buen caparazón. Habrá que desear suerte a la mujer que trate de romperlo.

Julia dejó su plato en la bandeja de un camarero que pasaba.

–Quiero bailar otra vez con mi marido antes de irme a casa y dejarme caer en la cama. El embarazo es agotador. Jamás me he acostado tan pronto.

–Eso suena maravillosamente –la secundó Elizabeth–. Repito, una fiesta maravillosa, Amanda.

Las mujeres la dejaron sola. Un momento después, notó un golpecito en el codo. Los padres de Alex estaban a su lado.

–Eres buena para mi hijo, Amanda –anunció Harry–. Nunca he visto a Alex más feliz.

Amanda recorrió la sala con la mirada y se encontró con los ojos de Alex.

–Espero que esto signifique que te veremos mucho más en el futuro –la voz de Harry la llevó de vuelta a la realidad.

–Seguro que sí, porque voy a organizar la fiesta de cumpleaños de Zack.

Y mucho más si estaba embarazada de su nieto. Aunque aún esperaba no estarlo.

Sería diferente si Alex la amara. Entonces el mal momento y el temor de ser una madre tan mala como habían sido sus padres no le provocaría tanta ansiedad. Con su ayuda sería capaz de contratar a alguien para que le echara una mano en la empresa y su mal modelo de maternidad se compensaría con el bueno de Alex.

Ellen se puso rígida y pálida. Amanda miró donde ella miraba y vio a la pelirroja del despacho de Alex entrando en el salón con un vestido precioso y un escote impresionante.

Amanda notó un nudo en el estómago. ¿Qué hacía allí esa mujer? No había ninguna Chelsea en la lista de invitados.

¿Qué querría? O mejor, ¿a quién? Amanda no sabía si preguntarle a Alex si la había invitado o decirle directamente que se marchara.

–Disculpadme –dijo Harry echando a andar en dirección a la intrusa.

Sus poderosos pasos le recordaron los de Alex. Así que podía ser que hubiera heredado esa característica de su padre. Ellen se quedó con Amanda, pero su sonrisa había desaparecido.

El señor Harper llevó a Chelsea una antesala. A los dos segundos Amanda oyó voces que se alzaban. No eran lo bastante altas como para que se entendiera lo que decían, pero la discusión atrajo la atención de los invitados... y de Alex. Amanda se apresuró a cruzar el salón de baile para pedirles que bajaran la voz. Antes de que llegara, se abrió la puerta y el señor Harper acompañó fuera a la pelirroja. En el rostro de Chelsea se reflejaba la furia. Amanda no sintió ninguna pena por ella.

Harry no se detuvo al pasar a su lado. Simplemente, dijo:

—Buenas noches, Amanda.

La madre de Alex los siguió fuera del salón de baile.

Amanda se quedó mirándolos. ¿Qué había pasado?

Buscó a Alex y lo encontró aún con el senador, pero estaba tenso, con los labios apretados y no parecía el anfitrión más feliz del mundo.

Tenía que intervenir si quería salvar la situación. Pero una cosa era cierta: esa mujer había aguado la fiesta y no pararía hasta averiguar qué poder tenía sobre la familia Harper, especialmente sobre Alex.

Capítulo Diez

El nuevo y serio Alex de las últimas horas había sorprendido y confundido a Amanda. Lo único que la había conmocionado más había sido que la dejara en la puerta de su apartamento y se marchara sin darle un beso ni pedirle entrar.

«Deja que se vaya», se había dicho mientras contemplaba su rígida espalda. Pero no había podido. Estaba enfadado y necesitaba saber por qué para ayudarle en la medida de sus posibilidades.

–¿Alex? –él se detuvo en el pasillo, pero no se dio la vuelta–. ¿Qué pasa? La aparición de Chelsea en la fiesta ha ensombrecido lo que quedaba de velada, y no sólo porque no estuviera en la lista de invitados. Os ha molestado a tus padres y a ti.

Después de unos segundos, se volvió a mirarla. Su gesto era severo, rígido.

–Vamos dentro.

La siguió al interior del apartamento y cerró, pero no se sentó. En lugar de eso empezó a recorrer una y otra vez la distancia que separaba la puerta de la entrada del dormitorio. Amanda esperó. Su propia tensión se incrementaba cada segundo que pasaba.

Alex se detuvo delante de ella.

–Chelsea reaparece en mi vida cada pocos años, normalmente cuando necesita dinero. Esta vez me está pidiendo que aproveche una «oportunidad de inversión» en unos artistas que representa a través de su galería.

¿Pensaba que Chelsea sólo quería dinero? No podía ser tan ingenuo.

–¿Mandó ella la carta de chantaje?

–Es una buena pregunta –entornó los ojos–. Una que yo mismo me he hecho. Pero, después de hablar con ella, tampoco la policía cree que sea así.

Respiró hondo y se aflojó la corbata, después se la quitó y la metió en el bolsillo. A continuación se quitó el abrigo y lo dejó en una silla. Sus movimientos, normalmente suaves, eran bruscos.

–Chelsea es la madre de Zack.

Amanda se quedó sin aliento.

–Y yo soy su padre.

Sintió que se le doblaban las piernas. Se dejó caer en el sofá. No lo esperaba, pero explicaba muchas cosas, como esa cercanía entre «hermanos» y las veces que había descubierto a Alex estudiando a Zack como si buscara empaparse de detalles.

–Oh, Alex…

–Chelsea jamás ha sido parte de la vida de Zack y no le importa nada su hijo. Ni siquiera lo conoce y no quiere conocerlo.

–¿Cómo pudo hacer algo así? Es un joven asombroso. Inteligente, divertido y dulce.

–Estoy de acuerdo.

Amanda hizo algún cálculo mental. Los resultados no eran buenos.

–Erais muy jóvenes cuando se quedó embarazada.

–Apenas teníamos diecisiete años. Yo no estaba preparado para ser padre. Por una serie de razones tampoco creía que el niño fuera mío, y me ofrecí a pagar un aborto. Para entonces sabía lo bastante de Chelsea como para saber que nos haría la vida imposible a todos. No quería casarme con ella.

Amanda decidió que su posible embarazo no era algo que tuviera que contarle en ese momento. El temor se aferró a su estómago.

–Chelsea fue a hablar con mis padres y amenazó no sólo con organizar un escándalo público con su embarazo, sino a ponerle término si no le daban un millón de dólares. Mis padres estaban horrorizados, tanto por el escándalo que dañaría irrevocablemente la imagen de mi familia, como por la idea de perder a su primer nieto.

»En lugar de dejar que Chelsea pusiera fin al embarazo, no sólo le dieron el dinero, sino que además adoptaron a Zack. Mi madre siempre había querido tener más hijos, pero no había podido. Para ella fue una segunda oportunidad.

Típico de los hombres: Alex se había centrado en los hechos más que en las emociones que habían rodeado los sucesos.

–¿Cómo te sentiste tú con todo eso?

–Lo que yo quisiera no importaba. No tenía poder –la rabia en su voz decía más que sus palabras.

Su frustración también explicaba su adicción al trabajo. Quería el poder que le había sido negado entonces.

—Mi madre cocinó un elaborado plan. Chelsea y ella se fueron a París hasta que Zack nació. En cuanto la prueba de paternidad confirmó que era mío, comenzaron el proceso de adopción. Mi padre iba con frecuencia a París durante el embarazo, así que cuando mi madre volvió con un recién nacido, nadie dudó de que era hijo de mi padre.

—Además ayuda que se parece mucho a ti.

—Eso ya lo has comentado antes, por eso sospeché de ti con la nota de extorsión. Mi madre y tú os habéis caído tan bien que temía que se le hubiese escapado algo y decidieras aprovechar la información.

—Se le escapó algo, pero lo malinterpreté. ¿Ya no me crees capaz de hacerte chantaje?

—No. No lo creo desde el principio.

Supuso que tendría que alegrarse por ello.

—¿Y no le habéis hablando a nadie más del auténtico parentesco de Zack?

—Jamás. Ni siquiera lo sabe Max.

Pero había confiado en ella. Eso le hizo sentir calor.

—Entonces, ¿quién está tras la nota?

—No lo sé. Pero debo descubrirlo antes de que hagan daño a Zack.

—Deberías decírselo a él, Alex.

—Eres la segunda persona que me lo sugiere. No estoy de acuerdo. Ahora Zack confía en mí.

Va a pasar por una edad difícil y habla conmigo de cosas que no habla con nadie más. Si le digo que lo abandoné, esa confianza desaparecerá.

–No lo abandonaste.

–No afronté mi responsabilidad como padre –apretó los puños–. Tomé el camino fácil y dejé que mis padres se hicieran cargo de mi error. Demonios, ni siquiera quería que naciera. Cuando pienso en lo que me habría perdido si Chelsea hubiera hecho lo que le pedía… –su voz se quebró.

En ese momento se sintió un poco más enamorada de él. Alex sería un padre maravilloso. Pero dada su historia con Chelsea, dudaba que tuvieran la posibilidad de mantener una relación sana si al final estaba embarazada.

Chelsea lo había usado para sacarle dinero. Ella lo había usado por sus contactos y aceptado un préstamo de él. No le había tendido una trampa. Y no quería hacerlo.

–Alex, tú mismo eras poco más que un niño.

–No importa. No estuve ahí para él.

–Creo que te equivocas. Creo que has estado ahí para él desde el momento en que tomaste la decisión de renunciar a él. He visto la cercanía que hay entre los dos. Eso no crece sin mucho amor y confianza. Pero si no se lo dices y se entera por otra persona, su sensación de traición será mucho peor. Tus padres y tú deberíais sentaros con él.

–Quiero que lo sepa. Llevo años queriéndoselo decir, pero no quiero perderlo –su gesto revelaba la lucha interior que estaba librando–. Todos a los que quiere y en los que confía, mis padres y yo, han estado viviendo en la mentira.

Amanda se levantó y se acercó a él para rodearlo con los brazos. Un abrazo no era mucho, pero quería ofrecerle el refugio que ese sencillo gesto demostraba.

Los brazos de Alex la rodearon con tanta fuerza que casi no podía respirar. Se echó hacia atrás para mirarlo a los ojos.

–¿Qué puedo hacer para ayudar?

–Me gustaría saberlo –la abrazó otra vez y la besó en la sien–. Siento como si tuviera una bomba entre las manos. Alguien ha puesto en marcha el temporizador, pero no puedo leerlo. No tengo ni idea de cuánto tiempo tengo antes de que explote y mande todo al infierno.

Se sentiría aún peor cuando conociera su secreto. Lo único que podía hacer era demostrarle con actos que lo amaba y después, si las leyes de Murphy no fallaban y estaba embarazada, quizá confiara en que ella haría lo correcto para ellos y el niño.

De pronto se quedó paralizada al ser consciente de que estaba pensando en tener al hijo de Alex y formar una familia con él. Con su historial de relaciones eso no era un riesgo, era una catástrofe potencial. Pero algunas oportunidades había que aprovecharlas.

Amanda acarició la tensa mandíbula de Alex. Era tarde, pasada la medianoche, pero no podía esperar.

–Vamos a hacer el amor, Alex.

Y sería amor. Por primera vez en su vida estaría haciendo realmente el amor. No sería sólo sexo. Se dio cuenta de que lo que había sentido por Heath, Douglas y Curtis no había sido más que un ciego capricho.

Lo que sentía por Alex era la clase de emoción que los músicos, los escritores y poetas expresaban. La clase de emoción que te llenaba de anticipación, excitación y temor.

Sobre todo temor. Pero ese temor le daba a la vida un punto estimulante. Aquello podía salir mal… o ser maravilloso. Apostaría por lo maravilloso.

Alex apoyó la cara en la mano que lo acariciaba y la cubrió con su mano. Besó la palma de Amanda. Siguió besándola por la muñeca y el cansancio que acumulaba de todo el día desapareció.

La boca siguió su camino hasta el interior del codo, el hombro, el cuello. Amanda inclinó la cabeza para ofrecerle mejor acceso. Le encantaba cómo le acariciaba el cuello provocando un torbellino de deseo en su vientre. La otra mano agarró su cintura, abrazándola mientras seguía con la boca recorriendo el cuello y la mandíbula.

Se apoyó en él disfrutando de la fuerza de sus caderas y muslos. Su lengua alcanzó la suya y se enredó con ella desatando un torbellino de deseo. Una mano le acariciaba la espalda. La otra se extendía sobre las nalgas y presionaba contra su creciente erección. Se movió sobre él y se le escapó un gemido.

Necesitaba tocarlo. Absorber de él tanto como fuera posible. Su aroma. Su sabor. Su calor. Buscó los botones de la camisa y los desabrochó rápidamente. El pecho era firme y caliente bajo sus manos. Acarició con la lengua los diminutos pezones. Rápidamente se enfrentó al cinturón y a la cremallera y con impaciencia le quitó la ropa, que cayó al suelo.

Alex se libró de los zapatos. Amanda le fue haciendo caminar hacia atrás hasta que sus piernas chocaron con el sofá. Lo empujó y él se sentó. Se arrodilló delante de él y le quitó los calcetines. Separándole las rodillas, hizo sitio para ella entre medias. Su erecto sexo se alzaba tentador delante de ella. Se le hizo la boca agua y el interior de los muslos lo notó aún más caliente. Se humedeció los labios, pero por mucho que lo necesitara dentro de ella, tenía una idea mejor.

Él no estaba preparado todavía para oírlo en palabras, pero le demostraría lo mucho que lo amaba, empezando con un masaje de pies. Agarró uno de sus pies y lo acarició con el pulgar. Alex rugió y se dejó caer sobre los cojines. Besó el empeine mientras sus dedos masajeaban la piel, después recorrió con la lengua los huesos del tobillo.

Repitió el proceso con el otro pie y después, siguiendo su camino hacia arriba, le masajeó la pantorrilla, el muslo. Sus labios seguían a sus dedos. El interior de la rodilla, la parte superior de los muslos. Los músculos cada vez estaban más tensos según las manos y la boca escalaban. El vello oscuro de las piernas acariciaba sus labios. Lamió la suave bolsa bajo el pene.

–Amanda… –rugió Alex, pero no detuvo su exploración ni protestó cuando ella siguió moviendo la lengua.

Lamió la longitud de su rígida carne y él enterró los dedos en el pelo. Acunó la cabeza suavemente con manos temblorosas. Amanda recibió en su boca la suave punta de su sexo. La saboreó, chupó, acarició, satisfecha por poder hacer que se estremeciera del modo que lo hacía.

Lo amó con la boca, lo acarició con las manos. La respiración de Alex se convirtió en un medio gemido. Las rodillas de cerraron sobre sus hombros y las piernas se tensaron. Ella disfrutaba de su respiración quebrada, de los espasmos de sus dedos en la cabeza. Alex movió las caderas y le agarró la cabeza para separarla.

–No he terminado –protestó ella.

–Yo tampoco –dijo él poniéndose de pie, agarrándola de los codos y levantándola también.

Rápidamente le quitó la ropa y después la acostó en el sofá.

Un primer beso le hundió la cabeza en los almohadones, un segundo le marcó el pecho izquierdo. Después se metió un pezón en la boca y jugó con él con la lengua, lo rozó con los dientes. Una mano encontró el otro y lo acarició.

Amanda sintió que se derretía como parafina. Se mordía los labios con un gemido y arqueaba la espalda. Alex trazó una línea en el centro de su vientre con un dedo. Llegó a sus rizos y encontró terreno resbaladizo. Utilizando su propia hume- dad, la acarició, pulió su sensible centro y des- pués hundió los dedos dentro de ella. El deseo la invadió. Sus rodillas se abrieron de modo invo- luntario para dejarle mejor acceso y clavó los ta- lones en el sofá.

Él se aprovechó sin pudor. Lo apretaba con sus músculos internos rogándole en silencio que le diera más. El ritmo se aceleró, haciéndola su- bir rápidamente y después dejándola caer violen- tamente. Un clímax siguió a otro sin darle tiem- po a recuperar el aliento entre medias hasta que, agotada y jadeante, sujetó la mano que tenía en- terrada entre los rizos.

–Alex, te necesito –dijo agarrándole la cabeza con las dos manos y besándolo intensamente.

Con un rugido, él se separó, fue a sus pantalo- nes y de un bolsillo sacó un preservativo que rá- pidamente se puso. La decisión le endurecía la mandíbula, la pasión ardía en sus ojos.

Amanda quería que bajara el ritmo, saborear lo que era hacer el amor estando enamorada por primera vez.

–Espera.

Él se detuvo y la miró.

–Quiero estar encima.

Alex cerró los ojos. Echó la cabeza hacia atrás. Respiró hondo y se tumbó en el sofá. Amanda se subió sobre él, se sentó a horcajadas y, sin dejar de mirarlo a los ojos, bajó para recibirlo dentro de su cuerpo, de su corazón, de su alma.

Amaba a ese hombre. Él la hacía superar sus

límites, la llenaba, la completaba. A lo largo de toda su vida de locura ésa era la única vez que estaba completamente segura de que estaba donde debía estar, con quien debía estar.

Daba lo mismo lo que ocurriera de allí en adelante, Alex siempre sería parte de su vida. Había dejado una marca en ella. Y hubiera bebé o no, jamás lo olvidaría y jamás se libraría de su recuerdo.

Tenía que hallar el modo de hacerle sentir lo mismo.

–¿Amanda? –dijo Alex el domingo por la mañana desde la ducha–. ¿Dónde hay jabón?

Le respondió el silencio y recordó que le había dicho que iba a bajar al Park Café para comprar unos pasteles de chocolate. Una sonrisa brilló en sus labios. Tenía algo con esos pasteles.

Y él tenía algo con ella. Más que algo, decidió mientras el agua caliente le caía en la espalda.

Se había enamorado de ella.

Amor. No era algo que hubiera experimentado antes.

Pero Amanda y él eran un gran equipo. Su comprensión de la noche anterior había puesto el último clavo al ataúd de su determinación de seguir soltero. Era buena con Zack, se llevaba bien con sus padres, lo volvía loco en la cama y era un activo para su trabajo. Sólo había que ver cómo había manejado la aparición de Chelsea en la fiesta. Si no hubiera sido por ella, él habría hecho saltar por los aires su asociación con el senador y estropeado la fiesta a sus empleados.

Y luego estaba el modo en que lo había atacado en el sofá cuando habían ido a su casa. Su sonrisa se volvió salaz y la sangre le hirvió en las venas. Necesitaría una buena ducha fría antes de que ella volviera si seguía por esa línea de pensamiento.

No iba a dejarla escapar.

Ser consciente de ello hizo que se pusiera serio. Mantenerla suponía casarse. Nunca había pensado en casarse, jamás había pensado en confiar en otra mujer para que le hiciera daño. Pero se había unido a Amanda de corazón. La amaba y confiaba en ella.

–¿Amanda? –volvió a llamar.

Quería decirle cómo se sentía.

Mejor, aún no. Tenía que pensar en algo grande, un gran gesto que una mujer que planeaba eventos supiera apreciar. Y tenía que comprar un anillo. Quizá Zack pudiera ayudarlo a elegirlo.

Alex miró el diminuto, casi transparente trozo de jabón que tenía en la mano. Si Amanda no volvía tendría que buscar otra pastilla.

Apartó la cortina y salió a la alfombrilla. El vapor lo llenaba todo mientras se arrodillaba a buscar en el armario. No había jabón. Lociones, tampones, champú, un equipo de cera depilatoria y un montón de otros productos femeninos. Menos mal que su baño de Greenwich era lo suficientemente grande para que cupieran todas las cosas de Amanda.

No vio lo que buscaba, pero una bolsa al fondo del armario atrajo su atención. Tenía forma rectangular. ¿Jabón? La abrió y miró dentro.

Una prueba de embarazo.

Se le erizó el vello de la espalda. Decidió obviar su reacción y pensó que se la habría dejado Julia. Pero otra cosa atrajo su atención: el recibo. Comprobar la fecha no le haría daño. Tiró de la esquina y miró el papel. Un escalofrío ártico le recorrió entero al ver la fecha.

Se había comprado hacía unos días. Cuatro días. No era de Julia.

¿Por qué necesitaba Amanda una prueba de embarazo?

Tuvo una sensación de *déjà vu* que se le quedó en la garganta. Amanda no urdiría contra él algo como lo que había hecho Chelsea. ¿O sí?

Amanda estaba escasa de dinero y se había mostrado tensa últimamente. ¿Había cultivado la amistad con sus padres para utilizarla contra él? Si era así, ya sabía que no era un adolescente sin poder que huía de sus responsabilidades.

Oyó que se abría la puerta, se levantó y se puso una toalla en la cintura. Después de cerrar el agua, agarró la prueba de embarazo y salió a su encuentro.

Amanda lo vio y se paró en seco. Una sonrisa malévola apareció en sus labios y recorrió con la mirada el torso desnudo hasta que vio la caja en una mano.

Abrió los ojos desmesuradamente y separó los labios. Su mirada conmocionada se encontró con la de él. Se ruborizó, rubor de culpabilidad, y después se quedó pálida como un fantasma.

—¿Cuándo ibas a decírmelo? —dijo él.

—No… Aún no sé si estoy embarazada. No me he hecho la prueba. No hay nada que decir.

Había deseado que ella lo negara y, cuando no lo hizo, sus músculos se tensaron aún más.

—¿Qué retraso tienes?

—Sólo unos días.

—¿Es mío?

—Si estoy embarazada, entonces sí, es tuyo. No he estado con nadie desde hace mucho tiempo.

Sintió que la furia hervía dentro de él junto a la sensación de traición.

—¿Es planeado?

Abrió aún más los ojos y su rostro empezó a ensombrecerse. Entró en el salón con la bolsa de los pasteles en una mano. La dejó en la mesa de café.

—¿Planeado? ¿Crees que quiero estar embarazada?

—No serías la primera mujer que me viera como un billete para la vida fácil.

—No soy Chelsea. Y hacen falta dos para provocar esta situación. No te pusiste un condón la primera vez.

Alex rebuscó en sus recuerdos y se dio cuenta de que estaba tan ansioso esa noche que lo había hecho de pie. Maldición. Ésa era la clase de idiotez que siempre decía a Zack que no debía cometer.

—Si hay un niño, quiero la custodia compartida.

Amanda cerró los ojos, inspiró con fuerza y después los abrió.

–Que no cunda el pánico prematuramente. Aún no sabemos si habrá bebé.

–Eso es bastante fácil de averiguar –le lanzó la caja–. Hazte la prueba.

Horrorizada, se tambaleó caminando hacia atrás y la caja cayó al sofá.

–Alex…

–Ahora.

Sonó el timbre de la puerta. Amanda se sorprendió y después pareció aliviada por la interrupción. Corrió al intercomunicador.

–Un tal Zack Harper está aquí para verla –dijo la voz del portero.

¿Zack? Un escalofrío recorrió la espalda de Alex. ¿Por qué iba a andar buscándolo Zack si no era porque había sucedido algo?

–Hágalo subir –dijo Amanda y después se volvió a Alex–. ¿Por qué vendrá Zack tan pronto a mi casa un domingo por la mañana? –cubrió la prueba con un enorme almohadón.

–Es lo mismo que he pensado yo.

–Alex, igual deberías vestirte.

Correcto. Corrió al dormitorio y se puso los pantalones del esmoquin y la camisa. No tenía otra cosa. Llamaron a la puerta y volvió rápido al salón descalzo.

Zack tenía un aspecto horrible. El cabello desordenado, el rostro agotado.

–¿Estás bien? –le preguntó Amanda poniéndole una mano en el hombro.

–Dime que no es verdad –dijo mirando a Alex a los ojos.

El dolor en la voz de Zack se clavó en el corazón de Alex como un cuchillo. Lo sabía. De algún modo había descubierto la verdad.

–Dime que no eres mi padre –confirmó los peores temores de Alex.

–No puedo hacer eso, Zack –dijo con un gran peso en el pecho.

–¿Por qué? ¿Por qué me has mentido? –gritó.

–¿Cómo te has enterado?

–¿Importa? Me has mentido.

Amanda pasó un brazo por los tensos hombros de Zack, lo metió en el apartamento y cerró la puerta.

–Zack, Alex tenía una buena razón para tomar la decisión que tomó, y tú tienes que escucharla.

El apoyo de Amanda sorprendió a Alex, sobre todo después de la acusación que acababa de lanzar sobre ella.

Acompañó a Zack al sofá y se sentó a su lado.

–Dinos cómo te has enterado.

–Mis padres discutieron anoche sobre una mujer que quería dinero. Mi «madre»... –se le quebró la voz. Amanda tomó entre sus manos uno de sus puños y suavemente le fue soltando los dedos– decía que como sabía quién era mi auténtico padre seguiría pidiendo más. Los está chantajeando.

Alex se dio cuenta de que Amanda y el detective tenían razón: debería habérselo dicho a Zack. Siempre era mejor prevenir una crisis que arreglar una ya en marcha.

Había llegado el momento de ser claro.

–Tenía tu edad cuando dejé embarazada a Chelsea. Era joven y egoísta y no estaba preparado para ser padre.

–¿Quisiste deshacerte de mí?

–Pensé que mi vida se acabaría si tenía un hijo –ya había mentido demasiado tiempo–. Ni estudios, ni amigos. Sí, traté de convencer a Chelsea de que pusiera fin al embarazo. Ella fue a ver a mis, nuestros, padres. Quisieron adoptarte y así lo arreglaron todo. Era la mejor decisión que se podía tomar, Zack. Pero era demasiado joven y demasiado estúpido para saberlo en ese momento. Y he sido muy afortunado pudiendo verte crecer y pudiendo ser parte de tu vida. No me arrepiento de eso ni un segundo.

–¿Por qué no me lo habías contado? –su voz estaba llena de rabia y dolor.

–No quería herirte ni confundirte, pero lo he hecho igual. Perdóname.

–Zack –Amanda esperó hasta que éste la miró–. Ahora empiezas a salir. ¿Cómo te sentirías si una de tus novias se quedara embarazada?

–Despreciable… asustado. Enfadado.

–¿Y un poco atrapado, con pánico? Te preocuparía no ser capaz de hacer las cosas que quieres hacer, ¿verdad? Estás emocionado por ir a la universidad a la que fueron Harry y Alex, ¿no? Pero tú estarías esperando la llegada de un bebé al mismo tiempo que tus amigos hacen el equipaje para la universidad. Te dejarían atrás.

–Sí –dijo Zack con el ceño fruncido.

Amanda le acarició la mano.

–A menos que decidieras no ser padre. A eso se enfrentó Alex. Era una decisión difícil. Tomar decisiones difíciles es parte de la vida. Cometer errores es humano. Todos lo hacemos. Arreglarlos, intentar sacar lo mejor de una mala situación es una señal de madurez. Escucha a Alex. Déjale explicarte su versión de la historia. Es un gran tipo, pero creo que eso ya lo sabes –se levantó–. Voy a darme una ducha. Os dejo para que habléis.

Alex la miró marcharse. ¿Por qué se había puesto de su lado después de lo mal que la había tratado? Porque así era Amanda.

Se volvió hacia Zack. Vio en sus ojos el dolor y la confusión que había en los suyos. Le ardía la garganta y el corazón le dolía por el daño causado. Se sentó en el lugar que había dejado Amanda.

–Lo siento mucho, Zack. Hace años que quería decírtelo. Probablemente debería haberlo hecho, pero tenía miedo de romper los vínculos que hay entre nosotros. Estoy muy orgulloso de ti, Zack. Te has convertido en un gran muchacho. Y me gusta pensar que yo he tenido algo de parte en ello, aunque no haya podido ser tu padre.

–Me gustaría que me lo hubieras dicho –dijo con los ojos llenos de lágrimas.

–¿Habría supuesto alguna diferencia? Tenemos unos padres estupendos. No podría haberlo hecho mejor.

–Pero tú eres mi padre.

–Biológicamente, sí. En mi corazón, absoluta-mente. Pero en lo demás, no. Harry Harper es tu padre, nuestro padre, en todos los sentidos que cuentan.

Y casi lo mataba admitirlo. Todos esos años ha-bía creído que podría haber sido un buen padre si no le hubieran arrebatado el poder, pero final-mente tenía que admitir que jamás habría sido mejor padre que lo había sido el suyo. Y no tenía nada que ver con el poder y sí mucho con la pre-sencia.

–¿Saben papá y mamá dónde estás?

–No –apartó la mirada–. He pasado la noche en tu casa. Traté de llamarte al móvil, pero no respondías. Usé mi llave, pero no has ido a casa.

–Como has adivinado, estaba con Amanda. Siempre has sido inteligente –buscó en un bolsi-llo de la chaqueta del esmoquin y sacó el móvil. Había diez llamadas perdidas, algunas de sus pa-dres, algunas de Zack–. Estaba puesto en vibra-ción y me quité la chaqueta anoche.

–¿La querías?

Alex se puso rígido. Apenas se había admitido a sí mismo sus sentimientos por Amanda. ¿Estaba listo para compartirlos con Zack? No. ¿Y la posi-ble ocultación cambiaba lo que sentía? No tenía ni idea. Pero Zack había hablado en pasado.

–¿A quién?

–A mi madre. Mi madre biológica.

Alex se pasó una mano por el cabello y exhaló aliviado. Zack no hablaba de Amanda.

«Di la verdad».

—No. Éramos dos críos haciendo el imbécil y la cagamos.

—Por eso siempre me das la charla sobre el sexo seguro.

—Yo no te doy la charla.

—Sí, lo haces, repetidas veces. Incluso me diste condones antes de que hubiera besado a una chica.

Alex sonrió. Quizá hubiera pecado de exceso de celo.

—Eres lo mejor que me ha pasado nunca, Zack. No lo dudes. Y cuando pienso en lo que podría haber sucedido…

—Pero no sucedió. ¿Qué es lo que siempre dice Amanda? Todo sucede por alguna razón y cada uno tenemos que encontrar nuestro camino aunque no sea el más transitado.

—¿Amanda dice eso?

Amanda decía muchas cosas. Cosas que deberían haberle dado la clave de que no era como Chelsea. No le había tendido una trampa. Su labor de mediación con Zack era una prueba de las prioridades de Amanda.

La había acusado falsamente. Dos veces. Amanda buscaba otra cosa en la gente: sus sentimientos, sus corazones, no los saldos bancarios. No haría jamás algo para hacer daño deliberadamente. Su falta de confianza podía haberle costado la mejor mujer que había conocido jamás.

—Me gusta. Deberías conservarla —agarró la bolsa de dulces que había en la mesa de café.

Alex le apoyó una mano en el hombro.

–Lo intento. Y puede que para eso necesite un poco de ayuda.

–¿Quieres decir trabajo en equipo? –Zack se encogió de hombros–. Claro, pero tienes que jurarme que a partir de ahora sólo me dirás la verdad.

–Lo juro.

–¿Qué necesitas?

–Que me perdone. Le he dicho cosas que puede que no me perdone ni olvide nunca.

–Hablaré bien de ti, pero no es de la clase que guarda rencor.

Alex se echó a reír. ¿Cómo podía un chaval de esa edad saber tanto de mujeres?

–Espero que tengas razón.

Porque si Amanda no le perdonaba, él no estaba seguro de poder perdonarse. Una cosa era cierta: no iba a rendirse sin luchar.

Capítulo Once

«Amanda Crawford, eres una hipócrita».

Amanda estaba de pie en su dormitorio escuchando el zumbido de la conversación entre Zack y Alex. ¿Cómo podía decir que había que perdonar los errores cuando ella ni siquiera admitía los suyos?

Lo primero que haría el lunes por la mañana sería llamar al socio de Alex y poner en sus manos el caso de Curtis. Al principio sería embarazoso, pero a la larga era lo que había que hacer. Si no detenía a Curtis, ¿cómo iba a evitar que le hiciera a otra persona lo que ya le había hecho a ella?

Y tenía que hacerse la prueba de embarazo… pero estaba en el salón. No iba a entrar e interrumpir la conversación para recuperarla. Lo último que necesitaba Zack era el bombazo de que iba a tener pronto un hermano de verdad.

Se haría la prueba en cuanto volviera de ver a sus padres.

Pero antes de poder dar esos pasos de gigante, tenía que llamar a sus padres y aclarar las cosas. Satisfacerlos era una empresa imposible. Tenía que dejar de perder el tiempo en ese esfuerzo. De momento, tendría que vivir su vida y buscar su camino a la felicidad. Se lo había dicho muchas veces a los demás, era el momento de aplicarse la receta. Y si sus padres no podían asumir que era humana y cometía errores, entonces no había remedio.

Alex no tenía ni idea de la suerte que era tener padres que lo apoyaban sin importar lo grande que fuera su error. Esperaba que sus padres aprendieran a aceptar sus decisiones, las buenas y las malas, uno de esos días. Si decidían que no, entonces se perderían a su nieto, si había uno. No expondría a ningún niño a la amarga negatividad que había sufrido ella.

Antes de que le entrara el miedo, agarró el teléfono y marcó el número de sus padres. Respondió su madre.

—Hola, mamá. Tengo que hablar con papá y contigo hoy mismo.

—Amanda, hemos reservado pista para jugar al tenis con…

—Madre, saca tiempo para mí o vas a leer en los periódicos lo que tengo que decirte.

—Puedes estar aquí en una hora —dijo su madre tras un tenso silencio.

—Salgo para allá.

Colgó y fue hacia la puerta. Ni siquiera se cambió de ropa. Su madre tendría mucho que decir sobre eso, pero ¿a quién le importaba?

Esa visita tenía que ver con la aceptación. Era hora de que sus padres se dieran cuenta de que ella era una persona que no quería ser un clon de ellos.

175

Alex y Zack la miraron cuando entró en el salón.

–Salgo. Cerrad cuando os vayáis.

Antes de que pudieran decir nada, le tiró unas llaves a Alex, salió al pasillo y cerró la puerta. Era una forma simbólica de dejarlo entrar en su vida. ¿Captaría el mensaje?

En cuanto resolviera el tema de sus padres, tendría que enfrentarse con Alex… y con la prueba de embarazo.

Pero tenía que abordar las cosas de una en una, y no sabía cuál le daba más miedo, si abrir su corazón a Alex o hacerse la prueba. Era gracioso que afrontara primero la desaprobación de sus padres. Una semana antes no habría sido capaz.

Un taxi la llevó hasta la casa de sus padres en la Quinta Avenida. El ama de llaves la dejó entrar, otra nueva, se fijó. Dominique Crawford era demandante e imposible de satisfacer. Los empleados jamás duraban.

Encontró a sus padres en la sala de mañanas, reuniendo sus cosas para marcharse aunque sabían que ella iba.

–Tenéis que sentaros y escucharme en lugar de actuar como si fuera la parte menos importante de vuestra vida y prefirierais estar en cualquier otro sitio.

Amanda vio cómo su madre alzaba una ceja y miraba a su padre. Dejó la raqueta en una mesa de cristal y se sentó.

–Tu grosería no me impresiona, Amanda –dijo su padre.

Reprimió un deseo de disculparse. Estaba harta de disculparse por no ser la hija que ellos querían. Ya era hora de que la aceptasen tal como era y dejasen de moldearla para que fuera otra cosa.

–En los próximos meses el nombre de Crawford va a estar en los periódicos –ignoró su gesto de desaprobación–. Terminé mi relación con Curtis Wilks no porque me dejara como os dije, sino porque cometió un desfalco en mi empresa. Estaba demasiado avergonzada hasta ahora como para admitirlo e iniciar acciones legales contra él. Pero mañana eso va a cambiar. Voy a llamar a un socio de Alex Harper.

–Amanda, ¿otra travesura? Sinceramente, ¿cómo lo haces para meterte siempre en problemas? –la pregunta de su madre incrementó la furia que sentía.

–¿Es necesario un escándalo público? A tu madre y a mí nos costará la credibilidad.

–Papá, tengo que hacer lo que creo que está bien, y por una vez me gustaría contar con apoyo en lugar de reproches.

–Nosotros no…

–Sí. No aceptas que no me interese la moda y papá odia que prefiera que me arranquen las pestañas una a una antes que dedicarme a leer teletipos todo el día. ¿Por qué no podéis aceptar que soy buena en lo que hago? Mi empresa está creciendo año a año. Amo mi trabajo y tengo éxito, sólo que no en vuestros campos.

Mientras sus padres digerían sus afirmaciones,

reunió el coraje para la más importante de todas las noticias.

–Hay otro par de cosas que tenéis que saber. Una, que me he enamorado de Alex Harper.

–Eso es maravilloso –dijo su madre con una sonrisa cegadora.

Eso no sorprendió a Amanda. Aprobaban a Alex dados sus ingresos, su linaje, trabajo y dirección.

–No te emociones. Ha sucedido algo que hace que no confíe en mí… y no hay ninguna garantía de que tengamos un futuro juntos –respiró hondo–. Puede que esté embarazada de él. Y Alex cree que ha sido algo deliberado.

Hubo un espeso silencio.

–Si no quiere casarse contigo, no lo tendrás, por supuesto –dijo su madre.

–No, madre –hizo una pausa para reafirmar la decisión que había tomado en el taxi–. He decidido que, si estoy embarazada, voy a tener el niño. Quiero esa pequeña parte de Alex. Sé que no será fácil ser madre soltera, pero no ataré a Alex a mí tratando de obligarlo a casarse. No está bien.

–¿Eres consciente del mal que me hará tener un nieto bastado? –se quejó su padre.

–Siento que lo veas así, papá, pero esto no es una decisión comercial. Es personal. Y ya no vivimos en los años oscuros. Cerca del cuarenta por ciento de los nacimientos hoy en día ocurren fuera del matrimonio. Ya no es el estigma que era.

–Eso es lo que la gente te dice a la cara –afirmó su madre–, pero por la espalda dicen algo completamente distinto. ¿Cuándo sabrás si lo estás?

No iba a llamarlos en el momento en que tuviera los resultados. Necesitaría tiempo para digerirlo, fuera lo que fuera.

–Mañana por la mañana.

–Queremos saberlo de inmediato –dijo su madre.

–Lo sabréis después de que lo sepa Alex. Él y yo somos los más interesados en esto. Vuestro apoyo sería estupendo, pero me habéis enseñado que puedo vivir sin vosotros.

Y eso, se dio cuenta, era lo que había aprendido de su experiencia. No necesitaba la aprobación de sus padres para vivir su vida.

Una seductora sonrisa reemplazó a la sorpresa en el rostro de Chelsea segundos después de abrir la puerta a Alex esa tarde de domingo.

–Alex, qué maravilloso verte. Pasa –abrió la puerta del todo para que entrara.

A Alex no le pasó desapercibido el calculador brillo de sus ojos. Sin duda, estaba tratando de calcular cuánto le sacaría esa vez.

Aunque fuera domingo por la tarde estaba impecable. Nada que ver con Amanda, que había salido de casa sin maquillaje, con unos vaqueros y una sudadera. Lo que no la hacía menos atractiva, sobre todo desde que sabía que con la sudadera nunca llevaba sujetador.

Chelsea era como él, siempre preparada para

elegir el siguiente negocio o recibir al siguiente cliente. Amanda era Amanda. Relajada, agradable, fácil de tratar.

¿Cómo podía haber estado ciego a sus cualidades?

Siguió a Chelsea al interior del salón. La decoración tampoco tenía nada que ver con la casa de Amanda. Estaba llena de caras antigüedades que habría comprado con el dinero de su familia. Era el prototipo del materialismo.

Amanda decoraba su casa no para impresionar, sino para estar cómoda ella. Era auténtica y sincera, lo que hacía muy extraño que le hubiera ocultado el retraso. La contradicción lo tenía desconcertado. ¿Por qué había permanecido en silencio? ¿Y por qué no se había él siquiera molestado en preguntar en lugar de acusarla de tener motivos ocultos?

Cuando había llevado a Zack a Greenwich y hablado con sus padres, no había sido capaz de localizar a Amanda. La había llamado varias veces, pero no respondía al móvil.

–¿Has reconsiderado hacer una inversión en Auturo? Aquí tienes una muestra de su trabajo –señaló una enorme pintura abstracta que había en la pared.

No era mala, pero tampoco era nada excepcional. Podía imaginar a Amanda hablando de la falta de emoción en los apagados colores. ¿Era un desnudo? ¿Era Chelsea? Podía ser.

–No estoy interesado en invertir en nada tuyo nunca más. Zack ya sabe lo nuestro, Chelsea. Has perdido el poder de pedirnos dinero a mí y a mis padres.

–¿El chantajista ha ido a la prensa? ¿Saben que yo soy su madre? –parecía horrorizada.

–No, pero lo haré público si es necesario. Zack comprende la situación y mi familia está deseando apoyar cualquier acción que yo emprenda.

–Pero, Alex…

–Se acabó, Chelsea. No contactes conmigo a menos que quieras conocer a nuestro hijo. Y deja que te advierta una cosa: si alguna vez haces algo que le haga daño o lo haga sentirse incómodo, iré a por ti y te meteré en tal lío legal que jamás volverás a ser libre. Has llevado las riendas demasiado tiempo y te hemos dado demasiado poder. Tus acciones están lo suficientemente documentadas como para darte cuerda bastante para que te ahorques tú misma.

–No serías capaz…

–Descubrirás que no hay nada que no haga por las personas que quiero. Zack, mis padres, Amanda. No te cruces conmigo.

Giró sobre los talones y salió del apartamento. Un problema resuelto. Pero el más importante estaba pendiente.

Tenía que conseguir que Amanda volviera.

–Hola, senador –dijo Amanda al llegar a la mesa de la ventana del River Café de Brooklyn.

El senador se levantó y le estrechó la mano.

–Me alegro de que hayas podido quedar conmigo con tan poco tiempo, Amanda.

–Estaré encantada de hacerte un hueco. Tu mensaje hablaba de una fiesta urgente.

Al llegar a casa ese mensaje la había intrigado. Además, iba con una invitación a cenar en un lugar con delicioso marisco y unas impresionantes vistas del puerto de Nueva York y los edificios de Manhattan. No había podido negarse.

Además, así se distraería y dejaría de preguntarse dónde estaba Alex y cómo había ido su conversación con Zack. Dejaría de preocuparse por la prueba de embarazo, que aún seguía esperándola, y de si Alex podría perdonarla por haberlo mantenido en secreto…

Se sentó de espaldas a la puerta y contempló la bonita vista.

¿Por qué Michael Kendrick la invitaba al restaurante más romántico de Nueva York? Recorrió el comedor con la mirada, esa vez con ojo profesional. En el sitio habrían cabido de treinta a cien personas dependiendo del tipo de fiesta. Pero ¿por qué estaba sólo ocupada su mesa? ¿Y por qué había pedestales con rosas rojas en cada esquina? Seguro que el senador no había reservado todo el restaurante para esa cena.

Sintió un escalofrío en la nuca. Sabía que hacía poco que se había separado de su esposa. ¿No sería eso una cita? No era que no fuera atractivo, pero era amigo de sus padres y era… Bueno, lo bastante mayor como para ser su padre.

–Alex me ha dicho que eres buena preparando eventos con poco tiempo y la fiesta de anoche lo demuestra –se sentó en su silla–. Tengo una ocasión muy especial en la cabeza. Y me han dicho que tú eres la única capaz de hacerte cargo de los detalles.

–Gracias por el voto de confianza. ¿Qué clase de evento?

–Preferiría no decirlo.

–Será difícil de planear sin más detalles.

–Obviemos eso de momento.

Había tratado con gente excéntrica, pero jamás habría pensado que el senador fuese uno de ellos. Saco la PDA del bolso.

–Mientras no sea ilegal, puedo trabajar en ello. ¿Qué plazo tenemos?

–Ahí es donde está el pequeño problema.

¿Podía haber algún problema mayor que no saber ningún detalle del evento?

–Perdona un momento, Amanda, y te conseguiré la información –se levantó y la dejó sola en el comedor privado.

Qué extraño. ¿Se habría dejado los datos en el coche?

Al momento oyó los pasos del senador que volvía. Se sentó y ella alzó la vista de su calendario. Pero no era el senador quien estaba al otro lado de la mesa.

Un Alex grave y sombrío la miraba. El pulso se le disparó. Llevaba su traje más bonito, gris carbón con una sutil raya diplomática, una camisa blanca y una corbata rosa. ¿Rosa? ¿El conservador Alex con algo rosa?

–Alex.

–Hola, Amanda.

–¿Dónde está el senador?

–No estaba seguro de que accedieras a verme, así le pedí a Michael que me ayudara.

–¿Por qué no iba a querer verte? –frunció el ceño.

–Porque te he acusado injustamente de tratar de extorsionarme y después de tenderme una trampa. Dos fallos.

–Sí, lo has hecho y no negaré que me ha dolido, pero después de saber lo que te ha hecho Chelsea puedo entender que hayas llegado a esas conclusiones, yo habría hecho lo mismo. Me has prestado dinero y he utilizado tus contactos. Dos fallos también.

–Tú no has fallado conmigo, Amanda. En todo caso, estoy en deuda contigo porque me has enseñado que iba mal. He trabajado como un loco tratando de recuperar el poder que perdí cuando Chelsea se quedó embarazada. Creía que estar en la cima significaría tener el control, pero el poder es inútil si la gente que te importa no está a salvo y feliz.

–¿Qué tal te ha ido con Zack?

–No ha ido mal. Aún tenemos cosas que resolver, pero irá bien, gracias al modo en que le explicaste la situación. Como siempre, has conseguido abordar el tema de la forma adecuada y decir lo correcto. Tienes un talento especial para llegar a la gente. Te has puesto en mi lugar de un modo que jamás habría pensado que podrías.

–¿Qué pasa, Alex?

–Necesito que organices algo para mí.

–No hace falta que hagas todo esto para ofrecerme un trabajo.

–Es un evento especial. Una cosa de una vez en la vida. Dos vidas, en realidad. Y voy a darte carta blanca.

Confundida por la tensión que notaba en él, se mordió el labio.

–Voy a necesitar un poco más de información.

–Es una fiesta de compromiso seguida de una boda.

Se le cerró el estómago. Tragó saliva y dijo:

–¿Para quién?

–Nosotros.

–¿Nosotros? –se le paró el corazón y luego volvió a ponerse en marcha.

Alex sacó una mano del regazo y agarró la de ella.

–Había aprendido de forma dura que raramente se puede confiar en las mujeres.

Ella trató de soltarse, pero Alex la sujetó con más fuerza.

–Chelsea no ha sido la única que ha andado detrás de mí por mi dinero y mis contactos.

Otro tirón, aunque no tenía ni idea de dónde quería ir a parar, así que no dijo nada.

–Jamás había pensado en enamorarme o casarme.

«¿Qué?».

–Y entonces te conocí.

Amanda no conseguía respirar.

–Me he enamorado de ti, Amanda. Lo mires como lo mires, somos un equipo estupendo. Te quiero en mi vida, no temporalmente, sino permanentemente.

Ésas eran las palabras que quería oír, pero…

–Esto no es porque tengo un retraso, ¿no? Porque puedo estar embarazada.

–No tiene nada que ver con eso. Pero ¿por qué no te has llevado la prueba? ¿No quieres saberlo?

–Lo he estado retrasando porque no estaba segura de cómo manejaría el resultado. Necesitaba sopesar mis opciones y decisiones. Y no sabía cómo se tomarían la noticia mis padres. Pero al final he descubierto que me da igual lo que piensen. Es mi vida. Y la quiero vivir a mi manera. Y si cometo errores, vale, porque estoy viviendo en lugar de sentarme segura tras una muralla a ver la vida pasar. Iba a hacer la prueba en cuanto volviera de casa de mis padres esta mañana, pero el mensaje del senador, «extremadamente urgente», me ha hecho ir corriendo todo el día.

–¿Y has tomado una decisión?

Respiró hondo y exhaló el aire despacio.

–Sí. Si estoy embarazada, voy a tener el niño –fue él entonces quien respiró hondo–. Pero, Alex, jamás usaré al niño para atarte a mí o para pedirte dinero. Tengo una herencia de mis abuelos que me llegará pronto. No necesitaré ayuda económica. Ni de ti, ni de nadie.

–Si tienes a mi hijo, la tendrás de todos modos. Y estaré a tu lado en cada escalón del camino. Me encantaría criar al niño contigo, Amanda.

La intensidad de su voz hizo que se le erizara el vello de los brazos.

–Si empezamos algo ahora siempre me preguntaré si es debido a un embarazo no deseado.

–Si empezamos y nos amamos, ¿de verdad importa por qué ha empezado?

–Yo no he dicho que te amara –dijo ella. ¿Era tan transparente?

–Me lo has demostrado con tus acciones –sonrió–, pero estaba tan ciego que hasta ahora no lo veía. No necesito las palabras, pero no me importaría oírlas cuando estés preparada.

–Alex…

–Quiero que organices la boda de tus sueños, Amanda. Sin limitaciones. Sin presupuesto. Lo que quieras. Mientras yo sea el hombre que te espere en el altar.

–Eso suena como un soborno.

–¿Necesito sobornarte? –buscó en el bolsillo del abrigo y sacó una caja azul de Tiffany's.

Sin palabras, Amanda miró la caja. La esperanza revivió en su pecho.

–Cásate conmigo, Amanda, hayamos hecho o no un niño juntos –levantó la tapa para mostrar un exquisito diamante con destellos rosas flanqueado por dos tanzanitas de azul lavanda pálido.

Rosa, su color favorito. Lavanda, el subcampeón. Y no había tenido que preguntárselo, se había dado cuenta él solo.

–Déjame pasar el resto de mi vida mostrándote lo increíblemente especial que eres, porque eres perfecta.

–Estoy muy lejos de ser perfecta.

–Eres perfecta para mí.

–Te amo, Alex –dijo con los ojos llenos de amor.

Él se levantó y rodeó la mesa. La tomó de la mano, la sacó de la mesa y la abrazó mientras la besaba en los labios, la frente, las sienes y, finalmente, otra vez en los labios.

–Entonces, di que sí.

–Sí –¿cómo iba a decir otra cosa?

–Vamos a casa a hacer la prueba después de hacer el amor.

–¿Y si hacer el amor nos lleva toda la noche?

–Entonces la prueba tendrá que esperar, porque vamos a seguir juntos diga lo que diga.

Alex la guió hacia la puerta. Amanda no podía quitarse la sonrisa de la cara. Por segunda vez, Alex le había demostrado que estaba justo donde se suponía que tenía que estar y con quien estaba destinada a pasar el resto de su vida.

En el Deseo titulado
El millonario del ático B, de Anna DePalo,
podrás continuar la serie
ESCÁNDALOS EN MANHATTAN

Deseo™

El jefe más seductor

Kathie DeNosky

Para Luke Garnier, triunfar en los negocios significaba estar siempre centrado en lo que era importante, de modo que no estaba buscando esposa. Sólo necesitaba un heredero... sin ataduras de ningún tipo con una mujer.

Convencer a su leal ayudante ejecutiva, Haley Rollins, para que fuera una madre de alquiler le parecía la solución más conveniente, pero una vez que la tímida Haley se unió a él en su lecho matrimonial, el magnate de la construcción descubrió que el acuerdo tenía unos beneficios impactantes e inesperados.

Aquello era mucho más que un contrato

Acepte 2 de nuestras mejores novelas de amor GRATIS

¡Y reciba un regalo sorpresa!

Bianca™

Una prueba de embarazo lo cambió todo…

Danette Michaels conocía las reglas del juego cuando se convirtió en la amante secreta del príncipe Marcello Scorsolini. No habría matrimonio entre ellos, ni futuro en común, ni reconocimiento público. Sólo tenía su fuerte cuerpo siciliano y toda su pasión.

Pero Danette no soportó seguir siendo su inconfesable secreto ni un día más. Quería todo o nada; y eso significaba que su aventura había terminado.

HARLEQUIN
Bianca™

La amante secreta del príncipe
Lucy Monroe

La amante secreta del príncipe

Lucy Monroe

Deseo™

Novia del desierto

Olivia Gates

El futuro del reino de Judar dependía de
Farah Beaumont, una extranjera que no
quería saber nada de su linaje. Pero,
para asegurar la paz de su país, el
príncipe Shehab al Masud debía convertirla en su esposa, fuera como fuera.
Ocultar su identidad e impresionarla
era un buen comienzo. Pero la alegre
y aparentemente inocente Farah no se
parecía en nada a lo que él esperaba.
Y el plan calculador que Shehab tenía
para seducirla pronto se convirtió en
una aventura demasiado poderosa para
poder controlarla...

¡Seducida por un reino!

¡YA EN TU PUNTO DE VENTA!